범우문고 160

동물농장

조지 오웰 지음/김회진 옮김

범우사

차 례

이 책을 읽는 분에게

조지 오웰(George Orwell)은 1903년 6월 25일 인도 벵골 주 모티하리(Motihari)에서 세관 하급관리의 둘째 아들로 태어났다. 본명은 에릭 아더 블레어(Eric Arthur Blair)다.

그는 영국의 이튼학교(1917~1921)에 입학했으나 열심히 공부하지 않았으며 별로 배운 것도 없어서 자기의 인간 형성에 보탬이 된 것은 별로 없다고 그때를 회상하고 있다. 그는 대학에 진학하지 않고 버마 주재 인도 경찰국에서 5년(1922~1927)간 근무했다. 그곳에서 영국 식민통치를 조롱하고 고발하는 입장을 취했고 악의 독재정치와 억압 제도를 비난하며 식민지 관리였던 자기의 권능 속에서 죄책감을 체험했다. 《버마 시절》과 《코끼리를 쏘다》에는 거기서 겪은 체험과 그가 느낀 죄책감이 잘 그려져 있다.

그후 그는 런던과 파리를 전전하면서 작품활동을 했지만 인정받지 못하고 접시닦이, 가정교사, 시시한 사립학교 교사, 서점의 점원생활 등으로 궁핍한 생활을 했다. 《파리와 런던의 최저 생활》에서 그때의 궁핍했던 생활 단면을 엿볼 수 있다.

1935년 말경에는 Essex의 마을에 가게를 차렸고 1936년 여름에 결혼했다.

1936년 말경에 스페인 내란이 일어나자 인민전선 정부의 의용군으로 참여하여 무정부주의자들의 부대에 배속되어 싸우다가 심한 부상을 입었다. 《카탈로니아 찬가》는 국제 의용군의 내정(內情)을 들추고 공산당의 배신 행위를 탄핵한 것으로서 작가 자신이 몸소 체험한 생생한 증언이다.

제2차 세계대전 때는 군복무를 자원했으나 건강상의 이유로 거부당하자 국방시민군(Home Guard)에 근무했고 BBC방송국에서도 일했다.

1945년에 《동물농장》을 출판했다. 당시 문제작으로서 소비에트적 공산사회에 대한 풍자로서 대중의 관심을 끌었다. 그리고 《동물 농장》과 함께 유명한 소설 《1984년》이 1949년에 출판되었다. 이 두 작품은 가공스러운 전체주의 정치체제를 풍자한 대표작이다.

조지 오웰은 1950년 1월 23일, 각혈을 하고 나서 47세를 일기로 세상을 떠났다.

《동물농장(Animal Farm)》은 영국 해학(諧謔) 문학의 전통을 이어받아 동물을 의인화(擬人化)시켜 인간의 제국(帝國)을 풍자한 우화소설(寓話小說)이다.

이 작품의 줄거리는 대강 다음과 같다.

어느 장원 농장(莊園農場)에서 평소에 소홀한 대우를 받고 있던 가축들이 반란을 일으키라는 수퇘지 메이저 영감의 호소에 힘입어 반란을 일으킨다. 농장주 존스와 관리인들을 내쫓고 동물들 스스로가 농장을 경영한다. 농장의 이름도 〈동물 농장〉으로 바꾼다. 비교적 지능이 발달한 돼지인 나폴레옹, 스노우볼, 그리고 스퀼러의 지도와 계획 아래 모든 동물들은 평등한 동물공화국 건설을 위해서 열심히 일하고 돼지들의 주도하에 일요회의도 열고 문맹퇴치의 학습시간도 갖게 되어 말과 오리새끼에 이르기까지 주인의식을 갖고 농장의 운영에 참여하게 되어 그야말로 평등의 이념에 입각한 이상적 사회가 되는 것이다.

그런데 풍차 건설을 계기로 주동인물들 간의 권력투쟁이 노출된다. 이상주의자(理想主義者) 스노우볼은 나폴레옹에 의해 축출된다. 나폴레옹은 간교한 스퀼러를 대변자로 내세워 동물들을 설득도 하고 조작도 하며 개 9마리를 앞장세워 공포분위기를 조성한다. 그야말로 완전한 독재체제를 세운다. 농장 운영의 방침도 바꾸어 중의를 모이던 일요회의도 폐지하고 나폴레옹과 그의 측근들에 의해 임의로 결정되며 풍차의 건설을 빙자해서 동물들의 자유를 허물어뜨리고 존스가 다시 쳐들어온다는 위협과 스노우볼에 대한 반동(反動) 낙인으로 동물들의 내적 불만을 외적인 공포 분위기로 유도한다. 돼지들은 불평하거나 항의하는 동물을 첩자로 몰아 숙청하기도 하고 옛날처럼 작업량을 늘이고 식량배급을 줄인다. 그러나 나폴레옹을 둘러싼 지배계급은 존스 시대의 인간보다 더 사치스러운 생활 속에서 호의호식을 한다. 그들은 존스가 살던 농가집으로 이사해서 술을 마시고 침대에서 자며 인간이 옷을 걸쳐입고 자기네 자녀용 교실을 짓고 심지어는 자기들의 적인 인간들과 상거래를 트고 돈을 만지기 시작한다. 〈동물 농장〉은 인간 사회의 악폐라고 주장하던 그 상태로 돌아가 〈장원 농장〉으로 환원되었고 돼지 이외의 동물들은 완전히 노예의 상태로 전락해버리고 만다. 결국 이상적인 사회를 꿈꾸던 혁명은 완전히 타락되고 정책마다 위협과 명분만이 동원될 뿐이었다. 칠계명(七戒命)도 수정되고 우직할 정도로 성실하게 일만 하던 복서는 인간의 도살장에 팔았고 마침내 그들은 두다리로 서서 채찍을 들고 동물들을 감시한다. "두 다리는 나쁘고 네 다리는 좋다"던 구호는 "네 다리는 좋고 두 다리는 더욱 좋다"는 구호로 둔갑을 했고 '모든 동물들은 평등하다'가 '모든 동물들은 평등하다. 그러나 어떤 동물들은 더욱 평등하다'로 바뀐 것이다. 결국 〈동물 농장〉은 〈장원 농장〉으로 환원된 셈이다. 장원이 드러낸 중세(中世)의 장원인 것이다.

《동물 농장》은 러시아혁명의 스탈린 시대의 권력체제를 모델로 한 정치적인 풍자 소설이다. 이 소설의 등장인물과 사건들은 러시아혁명의 역사적 배경에서 찾아볼 수 있기 때문이다. 예를 들면 예언자 메이서는 마르크스 그 자신이고 독재자로 군림하게 되는 나폴레옹은 스탈린이며 스탈린에게 축출당한 트로츠키는 이상주의자 스노우볼로 등장한다. 이 동물들의 반란은 1917년 10월의 러시아 혁명이고 농장주 존스 시대는 바로 러시아혁명에서 사라진 니콜라스 2세의 정권을 말한다. 우직할 정도로 성실하게 일하는 복서는 근로 대중을 상징하고 있다. 풍차건설 운동은 1928년에 시작한 제1차 5개년 경제계획을 비롯해서 여러 차례 실패한 경제계획이며 농장에 위협적인 필킹톤은 구미 자본주의 진영이고 프레데리크는 독일을 중심으로 한 파쇼 진영을 상징한다. 메이저의 연설은 마르크스의 공산당 선언이며 새로운 계급으로 자본주의체제와 동화하는 공산 혁명의 실상은 〈동물 농장〉의 사건 과정에서 재현되고 있다.

《동물 농장》이 1945년에 발표되었을 때 이것은 1차적으로 소련 공산주의 정치체제의 실태를 겨냥한 것이지만 2차적인 의미로는 일반적으로 이상적인 공약에서 출발한 모든 혁명을 겨냥한 것이다. 영국 사학자의 명언(名言) "권력은 타락하기 마련이다. 절대권력은 절대로 타락한다"는 말대로 어느 독재자가 권력을 남용할 때 그것이 어떤 책략으로 현실을 호도하며 어떤 조작으로 국민을 우롱하는가 하는 가장 가증스런 실례를 오웰은 제시하고 있다.

《동물 농장》은 스페인 내란에서 직접 체험한 좌익 정당의 치사스런 내부적 권력투쟁의 환멸을 헬트포드샤이어에서 농장을 경영하면서 얻은 지식과 연결시켜 구성된 중편소설이다. 이 작품을 통해 그는 인간의 동물화(動物化)하는 어두운 미래를 예견했다고 할 수 있다.

끝으로 조지 오웰의 문체를 요약하면, 명료하고 가식이 없으며 강렬하고 경제적이며 소박하고 솔직하다. 그리고 구어체의 모범적인 문장이기 때문에 영문의 이해는 물론 작문, 회화에도 많은 도움이 될 것을 의심치 않는다.

1984년 1월
옮긴이

1

장원 농장의 존스 씨는 밤 단속을 하기 위해서 닭장에 자물쇠를 채우기는 했지만, 지나치게 과음을 한 탓으로 대문간을 깜빡 잊고 잠그지 않았다. 그는 둥그런 불빛이 새어 나오는 각등(角燈)을 이리저리 흔들면서 비틀걸음으로 마당을 가로질러 뒷문에서 장화를 벗어제치고 난 다음 주방에 있는 맥주통에서 마지막으로 한 잔을 쭉 들이마시고 2층 침실로 올라갔다. 마누라는 벌써 잠자리에 누워 코를 골고 있었다.

침실의 불이 꺼지자마자 온통 농장 건물에서는 웅성웅성하는 소리가 일기 시작했다. 품평회에서 입상한 미들 화이트 수퇘지 메이저 영감이 간밤에 너무도 이상한 꿈을 꾸었는데, 그 꿈 이야기를 다른 동물들에게 들려주고 싶다는 전언(傳言)이 낮 동안에 빙 돌았기 때문이었다. 그들은 존스 씨가 잠자리에 들면 재빨리 큰 창고로 모두 모이기로 되어 있었던 것이었다. 메이저 영감(그는 품평회에 나갔을 때는 윌링돈 뷰티라는 이름으로 불렸지만, 평상시에는 메이저 영감으로 통했다)은 농장에서 굉장히 존경을 받고 있었기 때문에 모두가 한 시간 정도 잠을 덜 자는 한이 있더라도 그의 이야기를 듣기로 마음 먹고 있었다.

큰 창고 한구석, 한층 높아진 일종의 단상에는 메이저가 짚방석 위에 벌써 편안히 자리잡고 있었고 그의 머리 윗쪽 대들보에는 각등이 걸려 있었다. 그는 열두 살의 나이로 최근 들어 굉장히 살이 쪘고 송곳니를 한 번도 자른 적이 없었지만 현명하고 인자한 용모를 하고 있어 아직도 당당한 풍채를 지니고 있었다. 얼마 안 있어 다른 동물들도 모여 들기 시작했고 각자 자기 나름대로 편안한 자세로 자리를 잡기 시작했다. 제일 먼저 블루벨, 제시, 핀처 등 개 세 마리가 왔고 그 다음으로는 돼지들이 왔는데, 그들은 단상 바로 앞 짚더미 위에 자리를 잡았다. 암탉들은 창턱에 홰를 쳤고 비둘기들은 서까래 쪽으로 날아갔으며 양들과 암소들은 돼지 뒷쪽에 드러누워 되새김질을 시작했다. 쌍두 마차를 끄는 말 복서와 클로버는 짚더미 속에 가려 있는 자그마한 동물들이 다칠까봐 천천히 무척 조심해 가며 그 커다란 털투성이의 발굽을 내딛으면서 함께 들어왔다. 클로버는 중년기에 가까워진 살지고 인자한 암말로 네 번째 망아지를 낳고 나서부터는 전과같이 날씬한 몸매로 되돌아가지 못했다. 복서는 키가 자그마치 72인치에 가까운 거한으로 보통 말 두 마리 분의 힘이 있었다. 그의 코밑으로 난 흰 줄무늬는 어딘가 좀 모자라는 듯한 인상

을 주었으며 사실 말이지 지능도 썩 좋은 편은 아니
었다. 그렇지만 착실한 성격과 굉장한 노동력 때문에
누구에게서나 존경을 받고 있었다. 말의 뒤를 이어
흰 염소 뮤리엘과 당나귀 벤자민이 들어왔다. 벤자민
은 이 농장에서 나이가 제일 많았고 성미도 제일 까
다로웠다. 게다가 말이 별로 없는 편이었다. 어쩌다
가 말을 하게 되면 항상 비꼬기만 했다——예를 들
면 하느님은 자기에게 파리를 쫓으라고 꼬리를 주었
지만, 자기는 꼬리도 파리도 없으면 좋겠다고 늘 말
하는 것이었다. 이 농장의 동물 가운데서 그 혼자만
이 결코 웃지 않았다. 왜 웃지 않느냐고 물으면 그는
늘 웃을 만한 일이 없으니까 그렇다고 대답하는 것이
었다. 그럼에도 불구하고 그는 노골적으로 내색하지
는 않았지만 복서를 열애하고 있었다. 그래서 이들
둘은 일요일에는 과수원 건너편의 조그마한 목장으
로 가 나란히 서서 말없이 풀을 뜯어먹으면서 시간을
보내는 것이 보통이었다.

　두 마리의 말이 막 자리를 잡았을 때 어미를 잃은
새끼 오리들이 떼를 지어 들어와서 가냘픈 소리로 꽥
꽥거리며 짓밟히지 않을 만한 장소를 찾아 이리저리
서성거렸다. 클로버가 커다란 앞다리로 새끼 오리들
주위에 일종의 간막이 벽을 만들어 주자 그들은 그
안쪽에 몰려들어 금세 잠들어 버렸다. 바로 그때 존
스 씨의 이륜 마차를 끄는, 어리숙하면서도 예쁜장하

고 흰 암말 몰리가 설탕 한 덩어리를 씹으면서 의기
양양하게 들어왔다. 그는 앞쪽으로 자리를 잡고는 흰
갈기를 흔들면서 거리에 매어 놓은 빨간 리본에 모든
짐승들의 주의를 모으려고 했다. 고양이가 제일 늦게
들어와 여느 때와 마찬가지로 가장 따뜻한 장소를 찾
아 사방을 둘러보더니 마침내 복서와 클로버 사이로
비집고 들어갔다. 거기서 고양이는 메이저의 연설은
한 마디도 듣지 않으면서 연설을 하는 동안 줄곧 기
분 좋은 듯이 목을 가르랑거렸다.

　뒷문 뒤 횃대에서 잠자고 있는 길들인 큰 까마귀
모세를 제외하고는 이제 모든 동물들이 다 모였다.
메이저는 모두가 편안한 자세로 정신을 가다듬고 기
다리고 있는 것을 확인한 다음 기침을 한 번 하고 나
서 말하기 시작했다.

　"동지 여러분, 여러분은 내가 간밤에 이상한 꿈을
꾸었다는 얘기를 이미 들어서 알고 있을 겁니다. 그
러나 그 꿈 얘기는 다음에 하겠습니다. 나는 다른 얘
기를 먼저 하겠습니다. 동지 여러분, 아무래도 나는
여러분들과 오랫동안 같이 생활할 수 없을 것 같습니
다. 그래서 나는 죽기 전에 내가 체험에서 얻은 지혜
를 여러분들에게 전해 주는 것이 내가 할 도리라고
생각합니다. 나는 오래 살아 왔고, 우리에 혼자 있을
때는 명상에 잠기는 시간이 많았습니다. 그렇기 때문
에 나는 현재 살아 있는 어떤 동물에게도 뒤지지 않

고 이 지상에서의 삶의 본질을 이해하고 있다 해도 과언이 아닐 겁니다. 내가 여러분에게 말하고 싶은 건 바로 이 점에 대한 겁니다.

자, 동지 여러분, 우리들의 현재 생활이란 어떤 것입니까? 이것을 진지하게 생각해 봅시다. 우리들의 생활이란 비참하고 고생스럽고 짧습니다. 우리들은 태어나서 겨우 목숨만 유지할 정도로 먹이가 주어지고 능력이 있는 놈은 힘이 다할 때까지 일하도록 강요받고 있습니다. 그리고 우리들은 나중에 쓸모없어지며 그 순간 처참한 죽음을 당하게 됩니다. 영국에서는 어떠한 동물도 태어나서 1년이 지나면 행복이나 여가란 말의 뜻을 모르게 됩니다. 영국에 있는 동물들에게는 자유가 없고 불행과 예속이 전부입니다 ──이것은 명백한 사실입니다.

그렇지만 이것이 단지 자연의 섭리일까요, 아니면 우리 나라가 너무 가난해서 사람들이 제대로 갖추고 살 수 있는 생활의 여유가 없기 때문일까요? 아닙니다, 동지 여러분, 절대로 그런 건 아닙니다! 영국은 땅이 기름지고 기후가 따뜻해서 현재 살고 있는 숫자보다 훨씬 더 많은 동물들에게 넉넉히 식량을 줄 수도 있습니다. 우리의 이 농장만 하더라도 열두 마리의 말과 스무 마리의 암소와 수백 마리의 양을 기를 수 있고 우리들이 상상할 수 없을 정도로 안락하고 품위 있는 생활을 할 수 있습니다. 그렇다면 왜 우리들은 이렇게 비참한 생활을 계속할까요? 우리들이 노동을 해서 생산한 것 거의 전부를 인간들이 빼앗아가 버리기 때문입니다. 동지 여러분! 우리의 모든 문제에 대한 해답이 여기 있습니다. 그것은 한마디로 요약해서── 인간입니다. 인간이 우리의 유일한 적입니다. 인간을 여기서 추방합시다. 그러면 기아와 과로의 근원은 영원히 없어질 겁니다.

　인간은 생산도 하지 않고 소비만 하는 유일한 동물입니다. 그들은 젖도 알도 낳지 못하고 힘이 약해서 쟁기도 끌지 못하며 토끼를 잡을 만큼 빨리 뛰지도 못합니다. 그런데도 그들은 동물의 왕인 것입니다. 동물들을 부려먹고 동물에게는 겨우 연명할 수 있을 정도의 식량만 주며 그 나머지는 자신들을 위해서 쌓아 둡니다. 우리들이 애써 땅을 갈고 우리들의 분뇨로 땅을 비옥하게 합니다. 그런데도 우리들에게는 벌거숭이 가죽 이외엔, 아무것도 남은 것이 없습니다. 내 눈앞에 계시는 암소 여러분, 당신들이 1년 동안 짜낸 우유가 몇천 갈론이나 됩니까? 그런데 튼튼한 송아지를 길러야 할 우유가 어떻게 됐습니까? 한 방울도 남지 않고 우리 적들의 목구멍으로 넘어가 버린 것입니다. 그리고 암탉 여러분, 당신들은 1년 동안 얼마나 많은 알을 낳았으며 그 중에서 병아리로 깬 것이 과연 몇 개나 됩니까? 그 나머지는 모두 존스와 그의 일당들에게 돈을 벌어 주기 위해서 시장에 팔려 나간 것입니다. 그리고 클로버, 당신이 낳은 네 마리의 망아지는 당신이 노후에 의지할 수도 있고 즐거움이 될 수도 있을 텐데 지금 어디 있습니까? 모두가 한 살이 되자 팔려 갔고──다시는 어느 자식도 보지 못할 것입니다. 네 번이나 해산을 했고 밭에서 힘들여 일했지만 대가라고는 기껏해야 연명이나 할 수 있을 정도의 먹이와 마구간 이외에 또 무엇이 있단 말입니까?

그리고 우리가 살고 있는 이 비참한 생활마저도 천수를 누리지 못하게 되어 있습니다. 나 자신으로 말하자면 비교적 운이 좋은 편이라 별로 불평은 없습니다. 나는 열두 살이 되었고 자식도 4백 마리가 넘으니까요. 이것이 돼지 본래의 생애인 것입니다. 그렇지만 어떤 동물도 최후에는 잔인한 칼을 피할 수 없습니다. 내 앞에 앉아 있는 젊은 식용 돼지 여러분, 여러분들도 모두 1년 안에 도살대에서 비명을 지르면서 목숨을 잃고 말 겁니다. 우리 모두가 그러한 처참한 꼴을 당하게 될 겁니다──암소도 돼지도 암탉도 양도 모두 말입니다. 말이나 개도 더 좋은 운명을 타고난 건 아닙니다. 복서, 당신도 그 거대한 근육이 힘을 쓰지 못하게 되는 바로 그날, 존스가 당신을 폐마 백정에게 팔아 버릴 것이고 그 백정은 당신 목을 쳐서 삶아 사냥개의 먹이로 만들어 버릴 겁니다. 개도 마찬가지로 늙어서 이빨이 빠지게 되면, 존스는 목에 벽돌을 매달아 가까운 연못에 빠뜨려 죽일 겁니다.

동지 여러분, 그렇다면 우리 삶의 모든 화근이 인간의 폭정에서 생겨난다는 것은 너무도 자명한 사실이 아닙니까? 오로지 인간을 몰아 냅시다. 그러면 우리 노동의 산물은 우리 것이 될 겁니다. 그렇게 되려면 우리는 어떻게 해야 할까요? 그것은 오로지 밤낮으로 분골 쇄신해서 인류의 멸망을 꾀하는 것뿐입니다. 동지 여러분, 이것이 여러분에게 전하는 나의 메시지입니다. 반란을 일으킵시다! 나는 그 반란이 언제 일어날지 모릅니다. 1주일 후가 될지 아니면 1백 년 후가 될지 모릅니다. 그러나 언젠가는 정의가 실현된다는 것은 내 발밑에 있는 짚더미를 보는 것 같이 명백하게 알고 있습니다. 동지 여러분, 짧은 여생 동안에나마 여기로 시선을 돌립시다! 그리고 무엇보다 나의 이 메시지를 여러분들의 다음 세대에 전해서 그 세대가 최후의 승리를 할 때까지 이 투쟁을 계속하게 합시다.

그리고 동지 여러분, 여러분의 결심이 흔들려서는 안 된다는 사실을 명심합시다. 어떠한 의견에도 현혹되어서는 안 됩니다. 인간과 동물은 공통 이해관계를 가지고 있다든지, 인간의 번영이 바로 동물의 번영이라고 유혹할 때 절대로 거기에 귀를 기울이지 맙시다. 그것은 모두가 거짓말입니다. 인간은 자기 이외의 다른 생물의 이익을 위해서 봉사하지 않습니다. 그러니 우리 동물들은 투쟁을 위해서 일치 단결하고 완전한 동지애를 이룩합시다. 모든 인간은 적입니다. 모든 동물은 동지들입니다."

바로 이때, 아주 시끄러운 소동이 일어났다. 메이저가 연설을 하고 있을 때 커다란 쥐 네 마리가 구멍에서 기어 나와 엉덩이로 곧추앉아 그의 이야기를 듣고 있었다. 개들이 갑자기 쥐들을 발견하자 쥐들은 재빨리 구멍 속으로 뛰어들어가 목숨을 건질 수 있었다. 메이저는 앞발을 들어 조용히 하라고 했다.

"동지 여러분! 여기서 정해야 할 문제가 있습니다. 쥐나 토끼 같은 들짐승들이 있는데 이들은 우리의 친구입니까, 아니면 우리의 적입니까? 이것을 표결에 붙여야 하겠습니다. 나는 이 문제를 회의에 제안합니다. 쥐는 동지입니까?"

그는 말했다.

재빨리 표결로 들어갔다. 압도적 다수에 의해서 쥐는 동지라는 것이 가결되었다. 반대 투표자는 겨우 넷이었는데 개 세 마리와 고양이 한 마리였다. 고양이는 찬부 양쪽에 투표한 사실이 나중에 밝혀졌다. 메이저는 계속해서 말했다.

"나는 이제 할 말이 없습니다. 그저 되풀이해서 말하건대 인간과 인간의 모든 행실에 대해 적개심을 품는 것이 여러분의 의무라는 것을 항상 명심하라는 겁니다. 두 다리로 걷는 놈은 전부 적이고 네 다리나 날개를 가진 자는 모두 우리의 친구입니다. 그리고 인간과 싸울 때 그들을 닮아서는 안 된다는 것도 명심해야 하겠습니다. 어떠한 동물도 집에서 살거나 침대에서 자거나 옷을 입거나 술을 마시거나 담배를 피우거나 돈에 손을 대거나 장사를 하거나 해서는 안 되겠습니다. 인간의 습관은 모두 나쁩니다. 그리고 무엇보다 어떠한 동물이든 같은 동물을 탄압해서는 안 됩니다. 강하든 약하든, 현명하든 우둔하든 우리는 모두 형제들입니다. 어떠한 동물도 다른 동물을 죽여서는 안 됩니다. 모든 동물은 평등합니다.

자, 동지 여러분, 이제부터 간밤의 내 꿈 얘기를 하겠습니다. 여러분에게 재미있게 얘기를 할 수는 없습니다. 그것은 인간이 없어졌을 때의 이 지상에 대한 꿈이었습니다. 그러나 그 꿈은 내가 오랫동안 잊고 있던 것을 상기시켜 주었습니다. 여러 해 전, 내가 새끼 돼지였을 때 내 어머니와 다른 암퇘지들이 옛날 노래를 부르곤 했는데, 그들은 겨우 곡조와 처음 세 마디의 가사밖에 몰랐습니다. 나는 그 곡조를 어렸을 때 알고 있었지만 오래 전에 완전히 잊어버렸습니다. 그런데 간밤의 꿈속에서 그 곡조가 생각났습니다. 그리고 더욱 중요한 사실은 그 노래의 가사까지도 생각난 겁니다.——그 가사는 오래 전의 동물들이 불렀던 것인데, 몇 대(代) 내려 오는 동안 잊혀진 것이라고 생각 합니다. 동지 여러분, 지금 내가 그 노래를 부르겠습니다. 나는 늙어서 쉰 목소리지만 그 곡조를 여러분들에게 가르쳐 주면 여러분들은 스스로 더 잘 부를 수 있을 겁니다. 곡목은 '영국의 가축들' 입니다."

메이저 영감은 헛기침을 하고 나서 노래를 부르기 시작했다. 그가 말한 대로 쉰 목소리였지만 노래는 썩 잘 불렀다. 그 노래는 '클레멘타인'과 '라 쿠쿠라차'와 어딘가 비슷한 감동적인 곡조였다. 가사는 다음과 같았다.

영국의 가축들아, 아일랜드의 가축들아,
모든 지방과 나라의 가축들아,
즐거운 내 소식을 들어라, 장차 황금 시대가
찾아온다는 것을.

언젠가 그날이 오리라,
폭군인 인간이 전락하고,
영국의 비옥한 들판에서
가축들만이 활보하는 그날이.

우리들의 코에서는 코뚜레가 사라지고,
우리들의 등에서는 멍에가 벗겨지며,
제갈과 박차(拍車)는 영원히 녹슬고,

가혹한 채찍질도 더 이상 없으리라.

상상도 할 수 없는 재산이,
밀과 보리, 귀리와 건초,
클로버와 콩과 당상치가
그날이 오면 모두 우리의 것이리라.

영국의 들판은 밝게 빛나고,
강물은 한층 맑게 흐르며,
미풍은 더욱 감미로우리라,
우리가 자유로워지는 그날에는.

그날을 위해 우리 모두 일해야 하리라,
비록 그날을 못 보고 죽더라도,
암소도 말도 거위도 칠면조도
자유를 위해 모두 힘껏 일해야 하리라.

영국의 가축들아, 아일랜드의 가축들아,
모든 지방과 나라의 가축들아,
내 소식 잘 듣고 온 누리에 전하라,
장차 황금 시대가 찾아온다는 것을.

이 노래를 부르자 동물들은 온통 열광의 흥분 속에
싸였다. 메이저가 이 노래를 미처 끝내기도 전에 그

들은 스스로 노래 부르기 시작했다. 가장 우둔한 동물마저 벌써 그 곡조와 두서너 마디의 가사를 주워들어 익혔고 돼지나 개같이 영리한 짐승들은 불과 몇 분도 안 되어 그 노래 전부를 암기해 버렸다. 그러고 나서 몇 번 연습을 한 다음 농장 전체가 떠나갈 듯 커다란 소리로 '영국의 가축들'을 부르기 시작했다. 암소는 음매, 개는 멍멍, 양은 매매, 말은 힝힝, 오리는 꽥꽥하며 이 노래를 불렀다. 그들은 이 노래가 너무나 즐거워서 다섯 번이나 계속해서 불렀는데, 아마 방해만 없었더라면 밤새도록 불러댔을 것이다.

불행하게도 이 소란 때문에 존스 씨는 잠에서 깨어 자리를 박차고 나와 마당에 여우라도 들어왔는지 확인하려고 했다. 그는 침실 구석에 항상 세워 둔 총을 잡고 컴컴한 곳을 향해 여섯 번이나 무턱대고 쏘았다. 그 산탄(散彈)들은 창고 벽에 박혔고 동물들의 모임은 순식간에 해산되었다. 각자는 자기가 자는 잠자리로 도망쳤다. 새들은 횃대로 날아갔고 동물들은 짚더미 속에 기어들어 온 농장은 곧 잠으로 빠져들었다.

2

사흘 밤이 지난 후 메이저 영감은 잠을 자다가 편안히 세상을 떠났다. 그의 시체는 과수원 아래 기슭에 묻혔다.

이것은 3월 초순에 있었던 일이었다. 그러고 나서석 달 동안 극히 비밀스러운 활동이 활발하게 진행되었다. 메이저 영감의 연설은 농장의 총명한 동물들에게 전혀 새로운 가치관을 심어 주었다. 그들은 메이저가 예언한 반란이 언제 일어날지 몰랐다. 또 그들이 살아 생전에 일어날 것이라고 확신할 수도 없었다. 그렇지만 그것에 대비해서 준비하는 것이 자기들의 의무라는 것을 분명히 알고 있었다. 다른 동물들을 가르치고 또 이들을 조직하는 일은 당연히 돼지들의 임무로 되어 있었다. 왜냐하면 돼지들이 동물들중에서 가장 현명하다고 정평이 나 있었기 때문이었다. 돼지 가운데서 스노우볼과 나폴레옹이라는 두 마리의 어린 수돼지는 탁월한 재주를 가진 돼지로서 존스 씨가 팔아먹기 위해서 기르고 있었다. 나폴레옹은 몸집이 크고 꽤 사나운 얼굴을 한, 이 농장 유일의 버그셔 종(種) 수돼지로 말재주는 별로 없었지만, 자신의 의지를 관철시킨다는 평판을 듣고 있었다. 스노우볼은 나폴레옹보다 쾌활하고 말재주도 있고 창의력도 더 많았지만 나폴레옹처럼 성품이 깊지 못한 것으로 알려져 있었다. 농장에 있는 다른 수돼지들은 모두 식용 돼지였다. 이들 중에서 제일 유명한 돼지는 몸집이 작고 뚱뚱한, 스퀼러라고 부르는 돼지였는데 볼은 통통하고 번쩍이는 눈에 행동은 민첩하고 목소리는 날카로웠다. 그는 재기 넘치는 능변으로 무엇인가 어려운 일을 의논할 때면 이리저리 뛰면서 꼬리를 흔들어대는 버릇이 있었는데, 이것은 어딘가 아주 설득력이 있어 보였다. 다른 동물들은 스퀼러라면 검은 것을 흰 것으로 바꿀 수도 있을 거라고 그에 대해 말했다.

　이 세 마리의 돼지들은 메이저 영감의 가르침을 완전한 사상 체계로 정립하고 여기에 '동물주의'라고 명칭을 붙였다. 1주일에도 몇 번씩 그들은 존스 씨가 잠든 뒤 창고에서 몰래 회합을 열고 '동물주의'의 본질을 다른 동물들에게 설명했다. 처음에 다른 동물들은 그들의 이야기를 들어도 멍청하게 못 알아들었고 게다가 반응조차 없었다. 어떤 동물들은 자기들이 '주인'이라고 생각하는 존스 씨에 대한 충성의 의무를 내세우며, "존스 씨가 우리를 먹여 살리고 있습니다. 만일 그분이 없어진다면 우리는 굶어 죽을 겁니다" 하고 유치한 말을 지껄이는 것이었다. 또 어떤 동물들은 "우리가 죽은 뒤의 일을 무엇 때문에 걱정합니까?"라든지, "이 반란이 어차피 일어나게 되어 있다면 우리가 그것을 위해 노력할 필요가 있겠습니까?" 하는 따위의 질문을 하기도 했다. 그래서 돼지들은 그런 생각들이 '동물주의'의 정신에 위배된다는 것을 납득시키는 데 진땀을 뺐다. 무엇보다 더 바보 같은 질문은 흰 암말 몰리가 했다. 몰리가 스노우볼에게 한 첫 번째 질문은 "반란 후에도 설탕이 있습니까?"라는 것이었다.

"없습니다. 이 농장에는 설탕을 만들 설비가 없단 말입니다. 게다가 당신에게는 설탕이 필요없을 겁니다. 당신은 필요한 만큼의 귀리나 건초를 먹을 수 있을 겁니다."

스노우볼이 딱 잘라 말했다.

"그럼 그때도 내 갈기에 리본을 매는 것은 허락될까요?" 몰리가 물었다.

"동지, 당신이 그렇게 애지중지하는 그 리본은 예속의 상징입니다. 자유가 리본보다 더 소중하다는 걸 이해 못하겠습니까?" 스노우볼이 말했다.

몰리는 스노우볼의 말에 찬성을 했다. 그러나 충분히 납득한 것은 아니었다.

돼지들은 길든 까마귀 모세가 퍼뜨린 거짓말을 반박하느라고 한층더 고충을 겪었다. 모세는 존스의 특별한 귀여움을 받고 있었고 첩자로 고자질쟁이였지만 또한 능란한 연설자였다. 그는 동물이 죽으면 모두가 간다는 소위 '얼음 사탕 산'이라는 이상한 나라가 있음을 안다고 주장했다. 이 산은 하늘 높이, 구름 너머 어딘가에 있다고 모세는 말했다. '얼음 사탕 산'에는 1주일의 7일이 매일 일요일이고 토끼풀이 1년 내내 무성하고 울타리에선 각 설탕과 아마인 박(粕)이 열린다고 했다. 동물들은 모세가 일은 하지 않고 말만 지껄인다고 해서 그를 싫어했다. 그러나 '얼음 사탕 산'을 믿는 동물들도 더러 있었기 때문에 돼지들은 그런 산은 없다는 것을 설득시키느라고 무척 진땀을 빼며 토의를 해야만 했다.

돼지들의 가장 충실한 제자는 쌍두 마차 말 복서와 클로버였다. 이 두 말은 어떤 일이든 자기들 스스로의 머리로 생각해 내는 것은 딱 질색이었지만, 일단 돼지들을 스승으로 모신 이상은 돼지들의 말은 무엇이든지 받아들이고 그것을 간단히 요약해서 다른 동물들에게 전하는 것이었다. 그들은 창고에서의 비밀 회의에 꼭 참석했고 항상 그것을 부름으로써 회의가 끝나는 '영국의 가축들' 노래를 선창했다.

이제 반란은 모두가 생각했던 것보다도 훨씬 빨리, 그리고 훨씬 용이하게 이루어질 것으로 보였다. 지난 수년 동안 존스 씨는 동물들에게 심하게 구는 주인이면서도 수완이 있는 농장주였다. 그러나 요즈음은 실의에 찬 나날을 보냈다. 그는 소송 사건으로 돈을 잃고 나서 무척 실망한 나머지 몸을 해칠 정도로 과음을 하기 시작했다. 계속해서 며칠 동안, 그는 식당에 있는 윈저식(式) 의자에 기대어 신문을 읽으면서 술을 마시기도 하고 때로는 모세에게 맥주에 적신 빵조각을 먹이기도 했다. 일꾼들은 게으름을 피우고 부정직했으며 밭들은 잡초투성이가 되었고 건물 지붕은 떨어져 나갔으며 울타리는 손질도 안 되었고 동물들은 제대로 먹지를 못했다.

6월이 되어 건초용 풀을 벨 때가 거의 되었다. 6월 24일의 성 요한 축일 전날은 때마침 토요일이었기 때문에 존스 씨는 윌링돈으로 갔다가 '레드 라이온' 주막에서 너무 과음을 했다. 그래서 다음날 일요일 점심때가 되어서야 비로소 집으로 돌아올 수 있었다. 일꾼들은 아침 일찍이 우유를 짜고 나서 동물들에게 먹이도 주지 않고 토끼 사냥을 나갔다. 존스 씨는 집에 돌아오자 응접실 소파에서 《세계 뉴스》지로 얼굴을 가린 채 곧 잠들어 버렸다. 그래서 동물들은 저녁이 되었어도 먹이를 얻어먹을 수가 없었다. 마침내 그들은 더 이상 참을 수가 없었다. 암소 한 마리가 뿔로 식량 창고의 문을 부수고 들어가자 동물들은 모두가 저장통에서 먹이를 먹기 시작했다. 바로 그때 존스 씨가 잠에서 깨었다. 재빨리 그와 일꾼 넷이 회초리를 들고 식량 창고에 들어와 이리저리 휘둘렀다.

이것은 굶주린 동물들에게는 도저히 참을 수 없는 처사였다. 사전에 계획을 세웠던 것은 아니었지만 동물들은 일제히 학대자들에게 덤벼들었다. 존스와 그의 일꾼들은 갑자기 사방에서 머리로 받히고 발길로 채였다. 사태는 걷잡을 수 없을 정도로 험악해졌다. 동물들이 이런 행패를 부리는 것을 전에는 본 적이 없었다. 그리고 채찍질과 학대를 마음대로 해 왔던 동물들에게 갑자기 난동을 당한 그들은 깜짝 놀라 거의 정신을 잃고 말았다. 1, 2분이 지난 뒤 그들은 자신을 방어하는 것을 포기하고 줄행랑을 쳤다. 1분 후, 그들 다섯 명은 큰 도로로 통하는 마차 길로 급히 도망쳤다. 동물들은 의기양양하게 추격했다.

존스 부인은 침실 창문으로 내다보다가 사태를 알아차리고 몇 가지 소지품을 허둥지둥 가방에 챙겨서 다른 문을 통해 농장을 빠져 나왔다. 모세는 횃대에서 뛰어내려 큰소리로 울면서 그녀의 뒤를 쫓아 펄럭펄럭 날아갔다. 한편 동물들은 존스와 그의 일꾼들을 큰길로 쫓아 버리고는 다섯 개의 가로대가 붙어 있는 문을 꽝 하고 닫아 버렸다. 그리하여 자신들도 무슨 일이 일어났는지를 거의 알지 못하는 사이에 '반란'은 성공적으로 수행되었다. 존스는 추방되고 장원농장은 그들의 것이 되었다.

처음 몇 분 동안, 동물들은 자신들의 행운을 거의 믿을 수가 없었다. 처음 그들은 한패가 되어 농장의 경계를 한 바퀴 돌아보며 마치 농장에는 한 사람도 없다는 것을 확인하려는 것같이 보였다. 그러고 나서 농장 건물로 뛰어와서 가증스런 존스 지배하의 마지막 흔적까지 일소하려고 했다. 외양간 한쪽 구석에 있는 마구장은 부숴져 열려 있었다. 재갈, 코뚜레, 개 사슬 그리고 존스 씨가 돼지와 새끼 양을 거세하는 데 사용했던 무자비한 칼 등은 전부 우물 속에 버려졌다. 고삐, 굴레, 눈가리개 그리고 치욕적인 여물 망태 따위는 마당에서 타고 있는 쓰레기 불더미 속에 던져 버렸다. 회초리도 마찬가지로 처분되었다. 동물들은 회초리가 불속에서 타오르는 것을 보자 모두가 기쁨에 넘쳐 날뛰었다. 스노우볼도 장날이면 으레 말 갈기와 꼬리에 다는 리본을 불속에 던져 버렸다.

"리본이란 인간의 표시인 의복이라고 볼 수 있습니다. 동물들은 모두가 옷을 입어서는 안 됩니다." 그는 말했다.

복서는 이 말을 듣고 여름에 파리가 귓가에 몰려드는 것을 막기 위해 썼던 조그만 밀짚 모자를 갖고 와서 다른 것과 함께 불속에 던져 버렸다.

삽시간에 동물들은 존스 씨를 생각나게 하는 것들은 죄다 없애 버렸다. 그런 다음 나폴레옹은 모든 동물들을 식량 창고로 데리고 가서 각자에게 정량보다 많은 두 배의 옥수수를 나누어 주었고 개에게는 각각 비스킷 두 개씩을 나누어 주었다. 그러고 나서 그들은 '영국의 가축들'을 처음부터 끝까지 연거푸 일곱 번이나 불렀고 그 후 잠자리에 들어 지금까지 자 보지 못한 단잠을 잤다.

그러나 그들은 여느 때와 마찬가지로 새벽에 눈을 뜨고 어제 있었던 영광스런 일을 문득 생각하고는 함께 목장으로 달려갔다. 목장을 조금 내려가면 농장을 거의 다 내려다볼 수 있는 조그만 산이 있었다. 동물들은 산꼭대기로 급히 올라가서 맑게 갠 아침 햇살을 받으며 주위를 둘러보았다. 그렇다, 이것은 우리들의 것이다──사방에 보이는 것이 다 우리들의 것이다! 이런 황홀한 생각을 하니 그들은 의기양양해져 빙글 빙글 돌았고 흥분해서 공중으로 펄쩍펄쩍 뛰었다. 아침 이슬 속에 굴러 보기도 하고 신선한 여름 풀을 뜯어먹기도 하며 검은 흙덩이를 처들어 그 풍요로운 냄새를 맡아 보기도 했다. 그런 다음 농장 전체를 돌아다니며 말할 수 없는 감격에 젖어 경작지와 건초밭과 과수원과 연못과 숲 등을 둘러보았다. 마치 이런 것들을 처음 보는 듯한 기분이었고 지금까지도 이것이 모두 자기들 것이라고는 도저히 믿어지지 않았다.

그러고 나서 그들은 농장 건물로 줄지어 돌아와 농장주의 집문 밖에 멈추었다. 이 집도 그들의 것이었다. 그러나 안으로 들어가는 것이 겁이 났다. 잠시 후 스노우볼과 나폴레옹이 어깨로 문을 들이받아 열어 젖히자 동물들은 일렬로 서서 들어가 어느것이라도 망가질까 걱정이 되어 세심한 주의를 하면서 걸었다. 가능한 한 목소리를 죽여 가면서 이 방 저 방으로 살금살금 걸어다녔고 믿을 수 없을 정도로 화려한 사치품들, 깃털 이불을 깔아 놓은 침대, 거울, 말털 소파, 브뤼셀 양탄자, 응접실 벽난로 위에 걸린 빅토리아 여왕의 석판화 등을 경외의 마음으로 쳐다보았다. 그들은 층계를 내려오면서 몰리가 행방불명되었다는 사실을 알았다. 그들은 되돌아가 몰리가 가장 훌륭한 침실에 처져 있는 것을 발견했다. 그녀는 존스 부인의 화장대에서 푸른 리본을 꺼내 그것을 어깨에 걸치고는 바보스런 모습으로 거울에 비추어 보며 홀린 듯이 자신을 바라보고 있었다. 다른 동물들은 몰리를 호되게 꾸짖은 다음 밖으로 나왔다. 식당에 매달려 있는 약간의 햄을 땅속에 묻기 위해서 끌어내렸고 취사대의 맥주통은 복서의 발굽에 채여 깨졌다. 그 밖의 집안 물건에는 전혀 손대지 않았다. 이 농가를 박물관으로 보존하자는 안이 즉석에서 만장일치로 결정되었다. 어떤 동물도 이곳에서 살아서는 안된다는 제의에도 모두가 동의했다.

동물들이 아침 식사를 마치고 나자 스노우볼과 나폴레옹은 그들을 또다시 소집했다.

"동지 여러분! 지금은 6시 반입니다. 그리고 긴 하루가 남아 있습니다. 오늘은 건초 수확을 시작합니다. 그러나 그보다 먼저 해야 할 일이 있습니다." 스노우볼이 말했다.

돼지들은 이제야 밝히는 것이지만, 지난 3개월 동안 자기들은 존스 씨의 아이들이 쓰다가 쓰레기통에 버린 낡은 철자 교본을 가지고 독학으로 읽고 쓰는 법을 배웠다고 발표했다. 나폴레옹은 검은색과 흰색 페인트 통을 가져오게 한 다음, 큰 길로 통하는 다섯 개의 가로대가 붙어 있는 문 쪽으로 모두를 안내했다. 스노우볼(글씨를 제일 잘 썼기 때문에)은 앞발의 두 발톱 사이에 붓을 끼우고 문짝 맨 위의 가로대 나무에 쓰인 '장원농장'이라는 글자를 지운 다음 그 자리에 '동물농장'이라고 페인트로 썼다. 이것이 이제부터 이 농장의 이름으로 불리게 되었다. 그런 다음 그들은 농장 건물로 돌아왔고 스노우볼과 나폴레옹은 사다리를 가져오게 해서 그것을 커다란 창고의 한쪽 벽에 걸쳐 놓았다. 돼지들은 지난 3개월 동안의 연구 끝에 '동물주의'의 본질을 '칠계명(七戒命)'으로 요약할 수 있다고 설명했다. 이 '칠계명'이 이제부터 벽에 쓰이는 것이었다. 이것은 '동물농장'의 모든 동물들이 앞으로 살아가는 데 영구히 목표가 되는 불변의 율법이 될 것이라고 했다. 스노우볼은 상당히 애를 쓰며(돼지가 사다리에서 균형을 잡는 것은 쉬운 일이 아니었기 때문이다) 사다리로 기어 올라가 쓰기 시작했고 스퀼러는 그 아래 두서너 계단 밑에서 페인트 통을 들고 있었다. 그 계명은 타르 칠을 한 벽에 커다랗고 흰 글자로 쓰였기 때문에 30야드 떨어진 곳에서도 읽을 수가 있었다. 그것은 다음과 같았다.

칠계명
1. 두 발로 걷는 자는 적이다.
2. 네 발로 걷거나 날개가 있는 자는 친구다.
3. 어떤 동물도 옷을 입어서는 안 된다.
4. 어떤 동물도 침대에서 자서는 안 된다.
5. 어떤 동물도 술을 마셔서는 안 된다.
6. 어떤 동물도 다른 동물을 죽여서는 안 된다.
7. 모든 동물은 평등하다.

이것은 아주 깨끗하게 쓰였는데, 'friend(친구)'가 'friend'로, 's'자 하나가 거꾸로 구부러진 것 외에는 철자도 모두 정확했다. 스노우볼은 다른 동물들에게 큰소리로 읽어 주었다. 그들은 모두 고개를 끄덕이며 완전히 찬성했다. 그리고 영리한 동물들은 당장에 계명을 암기하기 시작했다.

"자, 동지 여러분, 건초밭으로 갑시다! 우리는 명예를 걸고서라도 존스와 그의 일꾼들보다 더 빨리 거둬들이도록 합시다."

스노우볼은 페인트 붓을 밑으로 내동댕이치면서 말했다.

그러나 바로 이때, 얼마 전부터 불편하게 보이던

암소 세 마리가 음매 하고 큰소리를 질렀다. 그들은 스물네 시간 동안 젖을 짜지 않았기 때문에 젖통이 퉁퉁 부어서 터질 것 같은 상태였던 것이다. 돼지들은 잠시 생각하고 나서 양동이를 가져오라 하고는 꽤 솜씨 있게 젖을 짜 주었다. 돼지들 네 다리는 젖을 짜는데 안성마춤이었다. 금방 거품이 이는, 크림 같은 우유가 다섯 양동이에 가득 찼다. 많은 동물들은 무척 흥미진진하게 그 우유를 바라보았다.

"그렇게 많은 우유를 다 어떻게 할 겁니까?" 누군가가 물었다.

"존스는 가끔 우리들의 먹이에 그 우유를 섞어 주기도 했습니다." 암탉 한 마리가 말했다.

"우유에는 신경 쓰지 말아요, 동지 여러분! 그것을 어떻게든지 처분할 테니까요. 건초 거둬들이는 일이 더 중요합니다. 스노우볼 동지가 선도할 겁니다. 나도 곧 가겠습니다. 동지 여러분, 갑시다! 건초가 기다리고 있습니다."

나폴레옹은 양동이 앞에 서서 소리를 질렀다.

그리하여 동물들은 건초를 거두러 건초밭으로 갔다. 그리고 저녁에 돌아왔을 때, 그들은 우유가 없어진 것을 알아차렸다.

3

 그들은 건초를 거둬들이기 위해서 얼마나 땀을 흘리며 애썼던가! 그들의 노력은 헛되지 않았다. 왜냐하면 건초 수확량이 기대 이상으로 훨씬 성공적이었기 때문이다.

 때로는 일이 힘들기까지 했다. 농기구는 사람들을 위해서 만들어진 것이지 동물들을 위한 것이 아니었다. 뒷다리에 걸치게 되어 있는 기구를 사용할 수 없는 것이 큰 장애가 되었다. 그러나 돼지들은 무척 영리했기 때문에 모든 어려움을 극복하는 방법을 생각해 냈다. 말들은 밭에 대해서 구석구석 익히 알고 있었고 사실 풀을 베어 거두는 일은 존스와 그의 일꾼들보다도 훨씬 잘 알고 있었다. 돼지들은 실제로 일은 하지 않고 다른 동물들을 지휘 감독만 했다. 그들은 훌륭한 지식을 가지고 있었기 때문에 지휘를 하는 것은 당연한 일이었다. 복서와 클로버는 풀 베는 기계와 써레를 몸에 묶고(재갈이나 고삐는 이제 필요없었다) 꾸준히 들판을 빙빙 돌았다. 돼지 한 마리가 뒤를 따르며 때때로 "이러!"라든지 "워워!"하고 소리쳤다. 그리고 보잘것없는 동물에 이르기까지 모두 건초를 뒤집고 모으는 일을 했다. 오리와 암탉까지도 하루 종일 뙤약볕 아래서 왔다갔다하며 작은 건초 다발을 물어다 옮겼다. 마침내 그들은 존스와 그의 일꾼들이 보통 일하는 시간보다도 이틀이나 빨리 건초를 거둬들일 수가 있었다. 더욱이 그것은 이 농장에서는 전에 볼 수 없었던 많은 수확이었다. 버린 것은 하나도 없었다. 암탉과 오리가 예리한 눈으로 마지막 한 줄기까지 주워 모았기 때문이었다. 그리고 농장의 어떤 동물도 조금도 풀을 훔쳐 먹지 않았다.

여름 내내 농장의 일은 별어려움 없이 잘 진행되었다. 동물들은 상상 이상으로 행복했다. 한 입 먹는 음식물마다 가슴 벅찬 기쁨을 안겨 주었다. 그것은 이제 구두쇠 주인이 아껴서 조금씩 나누어 먹던 먹이가 아니라 자기들 스스로가 자급자족하는 먹이이기 때문이었다. 아무짝에도 소용없는 기생적인 인간이 없어졌기 때문에 각자가 먹을 식량이 더 많아졌다. 동물들은 여가를 선용하는 경험은 없었지만 여가도 또한 많이 생겼다. 하지만 그들은 많은 어려운 난관에 부딪혔다——예를 들면 그해도 다 저물어 곡식을 거둬들였을 때, 농장에는 탈곡기가 없었기 때문에 옛날식으로 발로 밟아서 곡식을 털고 후후 불어서 겨를 제거해야만 했다——그러나 돼지들은 머리를 짜 냈고 복서가 굉장한 힘을 발휘해서 이런 고난들을 극복했다. 복서는 모든 동물들의 칭찬 대상이 되었다. 그는 존스 때도 열심히 일을 하는 근면가였지만 이제는 말 세 몫보다 더 힘이 세어 보였다. 농장의 모든 일이 그의 힘센 양 어깨에 달려 있다고 생각되는 날들도 있었다. 아침부터 저녁까지 그는 일을 열심히 했고 힘든 일이 생길 때마다 항상 그의 모습이 보였다. 그는 젊은 수탉 한 마리와 약속을 해서 아침에 다른 동물보다 반 시간 일찍 깨워 달라고 한 다음 정규 일과가 시작되기 전에 가장 필요하다고 생각되는 일을 자발적으로 나서서 하는 것이었다. 문제가 생길 때마다, 곤란한 일에 부딪칠 때마다 그는 "더 열심히 일하자!"하고 말했는데, 이것을 그는 자신의 좌우명으로 삼고 있었다.

그러나 모든 동물들은 자기들 능력에 맞추어 일을 했다. 예를 들면 암탉과 오리들은 수확 때 떨어진 이삭을 주워 모아서 열 말 정도 곡식을 늘였다. 훔치거나 식량의 배급에 대해서 불평하는 동물은 하나도 없었다. 옛날 같으면 흔히 싸움질도 하고 물어뜯기도 하며 질투하는 일이 비일비재했지만, 지금은 그런 일들을 거의 찾아볼 수가 없었다. 어떤 동물도 거의 책임을 회피하지 않았다——아니, 전혀 회피하지 않았다. 사실 몰리는 아침 일찍이 일어나지 않고 발굽에 돌이 끼었다고 해서 일찌감치 일을 거둬치우는 버릇이 있었다. 그리고 고양이의 거동도 이상했다. 일을 해야 할 때마다 고양이가 없다는 것을 이내 알게 되었다. 고양이는 몇 시간 동안이나 사라졌다가 식사 때나 일이 끝난 저녁때면 천연덕스럽게 나타나는 것이었다. 그렇지만 고양이는 항상 그럴 듯한 변명을 했고 무척 다정스럽게 목을 가르랑거렸기 때문에 고양이의 선의를 믿지 않을 수 없었다. 당나귀 벤자민 영감은 반란 이후 조금도 변하지 않은 것 같았다. 그는 존스 시대와 마찬가지로 우물쭈물 외고집으로 자기 일을 했다. 그리고 주어진 일을 피하려 하지 않고, 그렇다고 여분의 일을 자발적으로 하려고 하지도 않았다. 반란과 그 결과에 대해서 그는 아무런 의견도 표시하지 않았다. 존스가 없으니까 전보다 행복하지 않으냐고 물으면, 그는 다만 "당나귀는 오래 삽니다. 당신들 중 아무도 죽은 당나귀를 본 적이 없습니다" 하고 말하는 것이었다. 그러면 다른 동물들은 이 수수께끼 같은 대답으로 만족해야 했다.

일요일에는 일을 하지 않았다. 아침 식사는 평상시보다 한 시간 늦었고 아침 식사 후에는 매주 어김없이 의식을 행했다. 먼저 기(旗)의 게양식이 있었다. 스노우볼이 마구간에서 존스 부인이 쓰던 낡은 녹색 식탁보를 찾아내어 거기에 하얀색으로 발굽과 뿔을 그린 것이었다. 이 기가 일요일마다 농장 저택 마당의 깃대에 게양되었다. 스노우볼의 설명에 의하면, 기의 녹색은 영국의 푸른 들판을 상징하고 발굽과 뿔

42

은 인류가 마침내 멸망했을 때 수립될 미래의 '동물 공화국'을 나타낸다는 것이었다. 게양식이 끝나면 모든 동물들은 '회합'으로 알고 있는 총회에 참석하기 위해 큰 창고로 들어왔다. 여기서 다음 주 작업계획이 세워지고 결의안을 제안해서 토의했다. 결의안을 제출하는 자는 항상 돼지들이었다. 다른 동물들은 투표하는 것은 알고 있었지만 그들 나름대로의 결의안은 생각해 내지 못했다. 스노우볼과 나폴레옹이 토론에 가장 적극적이었다. 그러나 이들 둘은 서로 의견이 일치한 적이 없다는 것을 알게 되었다. 어느 한쪽이 제안하면, 다른 쪽은 그것을 반대하는 것이었다. 일을 할 수 없게 된 동물들의 휴식처로서 과수원 뒤의 조그마한 잔디밭을 확보해 놓자고 결정되었을 때도——이 제안 자체에는 어느 동물도 이의를 제기하지 않았다——각 종류의 동물들에 대한 적절한 정년 연령을 두고 맹렬한 토론이 벌어졌다. 회합은 항상 '영국의 가축들'의 합창으로 폐막되었고 오후는 오락시간으로 할애되었다.

돼지들은 마구간을 자기네 본부로 정했다. 여기서 밤이 되면, 그들은 농장 집에서 가져온 책으로 대장장이 일, 목공 일 그리고 기타 필요한 기술들을 공부했다. 스노우볼은 또 다른 동물들을 이른바 '동물 위원회'로 조직하는 일에 바빴다. 그는 이 일에 대해서 매우 끈기가 있었다. 그는 읽고 쓰는 학급을 만드는 것 외에도 암탉들에게는 '달걀 생산 위원회', 암소들에게는 '꼬리 청결 동맹' '야생 동지 재교육 위원회' (이것은 쥐와 토끼를 길들이는 것이 목적이었다) 양들에게는 '순백모 운동', 그 밖의 여러 조직을 만들었다. 대체로 이런 계획들은 실패로 끝났다. 예를 들면 야생 동물들을 길들이는 시도는 당장 실패했다. 야생 동물들은 전과 다름없이 계속 행동했고 관대하게 대하면 마냥 기어오르는 것이었다. 고양이는 '재교육 위원회'에 참가해서 며칠 동안은 무척 적극적이었다. 그는 어느 날 지붕 위에 앉아 멀리 떨어져 있는 참새들과 이야기를 해 보았다. 고양이는 모든 동물들이 하나같이 동지들이며 참새들도 원한다면 와서 자기 발등에 앉아서 좋다고 말했다. 그러나 참새들은 가까이 다가오지 않았다.

그런데 읽고 쓰는 학습반은 대성공이었다. 가을이 되었을 때 농장의 동물들 거의가 어느 정도는 읽고 쓸 수가 있었다.

돼지들은 벌써 완전히 읽고 쓸 수가 있었다. 개들은 꽤 잘 읽을 줄 알았지만 칠계명 이외에는 아무것도 읽으려 하지 않았다. 염소 뮤리엘은 개보다 좀더 잘 읽을 줄 알았고 때로는 쓰레기 더미에서 발견한 신문지 조각을 다른 동물들에게 읽어 주기도 했다. 벤자민은 어느 돼지 못지않게 잘 읽을 수 있었지만 자기의 실력을 제대로 발휘한 적은 한 번도 없었다.

그는 자기가 알고 있는 한, 읽을 만한 것이 아무것도 없다는 것이었다. 클로버는 알파벳을 전부 익혔지만 말을 이을 줄 몰랐다. 복서는 D까지밖에 몰랐다. 그는 커다란 발굽으로 흙에다 ABCD를 쓰고 난 다음, 귀를 뒤로 제치고 때로는 앞머리를 흔들면서 글자를 뚫어지게 바라보며 열심히 다음 글자를 생각해 내려고 애를 썼지만 끝내 성공하지 못했다. 사실 여러 번 EFGH를 배웠지만 그 글자들을 외웠을 때는 벌써 ABCD를 잊어버리고 있었다. 마침내 그는 최초의 네 글자로 만족하기로 작정하고 하루에도 한두 번 기억을 되살려 그 글자들을 써 보곤 했다. 몰리는 자기 이름의 글자 여섯 자 이외에는 아무것도 배우려 하지 않았다. 몰리는 작은 나뭇가지로 자기 이름을 예쁘게 맞춰 보고는 꽃 한두 송이로 그것을 장식한 다음 감탄하면서 그 주위를 빙빙 도는 것이었다.

그 밖의 다른 동물들은 A자 이상을 배우지 못했다. 양이나 암탉이나 오리 같은 우둔한 동물들은 칠계명조차 암기하지 못한다는 사실이 밝혀졌다. 스노우볼은 깊이 생각한 나머지, '칠계명'은 요컨대 '네 다리는 좋고 두 다리는 나쁘다'는 한마디의 금언으로 요약할 수 있다고 언명했다. 이 격언에 '동물주의'의 기본 원칙이 있다고 그는 말했다. 이 말을 충분히 파악하고 있으면 어떤 동물이든 인간의 영향을 받지 않는다는 것이었다. 새들은 처음에 이의를 제기했다.

왜냐하면 자기들도 다리가 둘이라고 생각되었기 때문이었다. 그러나 스노우볼은 그렇지 않다고 설명해 주었다.

"동지 여러분! 새의 날개는 손과같이 조작하는 기관이 아니고 추진 기관입니다. 그렇기 때문에 날개는 다리로 보아야 합니다. 인간의 특징은 손으로서 이것이 일체의 악덕을 자행하는 도구인 것입니다." 그가 말했다.

새들은 스노우볼의 긴 말을 이해할 수가 없었다. 그러나 그의 설명을 받아들였다. 그래서 우둔한 동물들은 이 새로운 금언을 암기하기 시작했다. '네 다리는 좋고 두 다리는 나쁘다'는 글자가 창고의 한구석 벽, '칠계명'의 윗쪽에 그보다 큰 글자로 쓰였다. 양들은 일단 이것을 암기하고 나자 무척 마음에 들었다. 그래서 들판에 누워 있을 때면 "네 다리는 좋고 두 다리는 나쁘다! 네 다리는 좋고 두 다리는 나쁘다!"고 외치기 시작했고 계속해서 몇 시간이나 외치고도 지칠 줄 모르는 것이었다.

나폴레옹은 스노우볼의 위원회에 대해 관심이 없었다. 그는 어린것들의 교육이 기성인들의 교육보다 훨씬 중요하다고 말했다. 제시와 블루벨이 건초를 거둬들인 직후에 새끼를 낳았는데, 양쪽 합해서 아홉 마리의 튼튼한 강아지였다. 새끼 강아지들이 젖을 떼자 나폴레옹은 그들의 교육은 자기가 맡겠다면서 어미로부터 전부 떼어 갔다. 그는 마구간에서 사다리를 놓아야 올라갈 수 있는 지붕 밑 다락방으로 데리고 가 숨겨 두었기 때문에 나머지 농장 동물들은 그들의 존재를 잊어버리고 말았다.

우유가 어디로 없어졌는가 하는 비밀은 곧 밝혀졌다. 그것은 매일 돼지들의 먹이 속에 섞여 들어갔다. 이제 풋사과가 익고 있었고 과수원의 풀밭에는 바람에 떨어진 과일들이 여기저기 흩어져 있었다. 동물들은 물론 이 사과들을 평등하게 나누어 가지게 될 것이라고 생각했다. 그러나 어느 날, 떨어진 사과들은 전부 모아서 돼지용으로 마구간에 가져오라는 명령이 떨어졌다. 이 소리를 듣고 몇몇 다른 동물들은 투덜거렸지만 아무 소용없는 일이었다. 돼지들은 모두 이 점에 대해서 찬성했고 스노우볼과 나폴레옹조차 의견이 일치했다. 스퀼러가 다른 동물들에게 필요한 설명을 해 주기 위해서 파견되었다.

"동지 여러분!" 그는 외쳤다.

"여러분들은 우리 돼지들이 이기심과 특권 의식으로 이런 일을 한다고 생각하지 않겠지요? 우리들 중 상당수가 실제로 우유와 사과를 좋아하지 않습니다. 나 자신도 그렇습니다. 우리가 이것들을 먹는 단 하나의 목적은 건강을 유지하자는 겁니다. 우유와 사과는——동지 여러분, 이것은 과학적으로 증명되었습니다——돼지의 건강에는 절대로 필요한 물질을 함유하고 있습니다. 우리 돼지들은 머리를 쓰는 일꾼들입니다. 이 농장의 모든 경영과 조직이 우리들에게 달려 있습니다. 밤낮으로 우리는 여러분들의 복지를 살피고 있습니다. 우리들이 우유를 마시고 사과를 먹는 것은 다 여러분들을 위해서입니다. 우리 돼지들이 의무를 수행하지 못한다면 여러분들은 어떻게 되는지 알고 있습니까? 존스가 되돌아옵니다! 그럼요, 그가 돌아올 겁니다! 동지 여러분, 틀림없습니다."

스퀼러는 이리저리 깡총깡총 뛰고 꼬리를 흔들면서 거의 호소하듯이 외쳤다.

"확실히 여러분들 중에서 존스가 돌아오기를 바라는 이는 아무도 없겠지요?"

그런데 동물들이 절대로 확신하는 것이 하나 있다면, 그것은 존스가 돌아오는 것을 모두가 바라지 않는다는 사실이었다. 그들에게 이런 식으로 설명하자 그들은 아무 말도 하지 않았다. 돼지들의 건강을 유지시키는 것이 중요하다는 것은 너무나 자명한 일이었다. 그래서 우유와 떨어진 사과(그리고 다 익었을 때 거둬들일 사과도)는 돼지들만의 것으로 비축해 두어야 한다는 것은 더 이상의 토의 없이 승인되었다.

4

늦은 여름쯤에는 '동물농장'에서 일어난 사건의 뉴스가 주(州)의 중간까지 퍼져 갔다. 매일 스노우볼과 나폴레옹은 비둘기들을 날려 보냈는데, 그들은 이웃 농장의 동물들과 어울려 그들에게 '반란' 이야기를 들려주고 '영국의 가축들'이라는 노래를 가르쳐 주라는 지령을 받았다.

이 동안의 대부분을 존스 씨는 윌링돈에 있는 '레드 라이온' 술집에 죽치고 앉아서 자기 이야기를 들어 주는 사람에게는 누구에게나 아무 쓸모 없는 동물들의 패거리에게 소유지를 빼앗기고 내쫓겼다는, 극악 무도한 처사를 당했다는 불평을 늘어놓으며 세월을 보내고 있었다. 다른 농장주들은 원칙적으로는 그에게 동정을 했지만 처음에는 그에게 그다지 원조를 해 주지 않았다. 각자 속마음으로 존스의 불행을 어떻게든 자기들 형편에 유리하도록 이용할 수 없을까 하고 은근히 생각했다. '동물농장'과 이웃하고 있는 두 농장의 소유자간에 항상 사이가 좋지 않았다는 것이 다행이었다. 농장 하나는 '폭스우드'라고 불렸는

데, 넓지만 제대로 돌보지 않은 구식 농장으로 나무들이 무성하게 자랐고 목장 전체가 황폐해졌으며 울타리는 볼품 없이 엉성했다. 이 농장의 주인 필킹톤 씨는 게으른 농장주로서 계절마다 낚시나 사냥으로 대부분의 시간을 보냈다. 또 하나인 '핀치필드' 농장은 크기는 그보다 작았지만 관리가 잘되어 있었다. 이 농장의 소유주 프레드릭 씨는 단단하고 빈틈없는 사람으로서 항상 소송 사건에 걸려 있었고 부당한 거래를 한다는 평을 듣고 있었다. 이 두 농장주들은 서로 미워하는 사이였기 때문에 어떤 일이든 의견이 맞지 않았으며 자신들의 이익 옹호에 관한 것에서조차 의견이 상반되었다.

그럼에도 불구하고 그들 두 사람은 '동물농장'의 반란 소식을 듣고 깜짝 놀랐기 때문에 자기들의 동물들에게 이런 사실들을 알리지 않으려고 했다. 그들은 처음에 동물들이 스스로 농장을 경영하다니 그런 바보 같은 이야기가 어디 있냐고 비웃으며 경멸하는 투였다. 두 주일쯤 지나면 모든 것이 끝나 버리고 말 것이라고 그들은 말했다. 그들은 장원농장('동물농장'이라는 이름은 참을 수 없었기 때문에 그들은 장원농장이라고 고집해서 불렀다)의 동물들은 계속해서 싸우다가 마침내는 굶어 죽고 말 것이라고 퍼뜨렸다. 때가 지나도 동물들이 분명히 굶어 죽지 않게 되자 프레드릭과 필링톤은 태도를 바꾸어 '동물농장'에

서 자주 행해지는 무서운 잔학상을 이야기하기 시작
했다. 그 농장에 있는 동물들은 서로 잡아먹는 일을
자행하고 있고 빨갛게 단 편자로 서로 고문을 하며
암놈들을 공동 소유한다고 퍼뜨렸다. 자연의 법칙을
반역하면 이러한 결과가 생긴다고 프레드릭과 필킹
톤은 말했다.

그러나 이와 같은 이야기들은 결코 그대로 믿어지
지가 않았다. 인간들이 쫓겨나고 동물들이 모든 것을
경영하고 있다는 기적의 농장에 관한 소문은 막연히
왜곡된 상태로 계속 퍼져 갔고 그해 내내 반란의 물
결이 그 지방 일대에 퍼졌다. 그때까지 부려먹기 좋
았던 황소들이 갑자기 사나워지고, 양들이 울타리를
넘어뜨리고 토끼풀을 뜯어먹었으며, 암소들은 우유
통을 차 던지고 사냥 말들은 담을 뛰어넘는 것을 거
부하고 타고 있는 사람들을 건너편 쪽으로 내동댕이
치기도 했다. 무엇보다 '영국의 가축들'이라는 노래
의 곡조와 심지어는 가사마저 사방에 알려졌다. 이것
은 놀랄 정도로 급속히 퍼져 갔다. 사람들은 이 노래
를 듣고 단지 경멸하는 듯한 표정만을 지었지만 분노
를 억누를 수는 없었다. 그들은 아무리 동물들이라고
는 하지만 어떻게 해서 이렇게 치사하고 어리석은 것
을 노래하게 되었는지 알 수 없다고 말했다. 어떤 동
물이든 이 노래는 막을 수가 없었다. 이 노래를 지빠
귀는 울타리에서 지저귀고 비둘기는 느릅나무에서

구구거렸는데, 그 소리는 대장간의 소음과 교회의 종소리 속으로 섞여 들어갔다. 사람들은 그 노래에 귀를 기울이다가 그 속에서 미래의 운명에 대한 예언을 알아차리고는 남 몰래 몸서리를 쳤다.

10월 초순, 곡식은 거두어서 쌓아 두었고 그 중 일부는 이미 타작을 해 놓았을 때 비둘기 떼가 공중에서 내려와 무척 흥분한 상태로 '동물농장'의 마당에 내려앉았다. 존스와 그의 일꾼들이 폭스우드와 핀치필드에서 온 여섯 명의 다른 남자들을 데리고 다섯 개의 가로대가 붙어 있는 문으로 들어와 농장으로 통하는 마차 길을 올라오고 있다는 것이었다. 그들은 모두 몽둥이를 들고 있었으며 존스만은 손에 총을 들고 앞장서서 나아가고 있었다. 분명히 그들은 농장 탈환을 기도하고 있는 것이었다.

이러한 일은 오래 전부터 예상되고 있었고 만반의 준비가 빈틈없이 되어 있었다. 스노우볼은 농장 집에서 발견한 줄리어스 시저의 낡은 전기(戰記)를 벌써부터 연구해 왔기 때문에 방어 작전을 담당했다. 그는 재빨리 명령을 내렸고 몇분 이내에 모든 동물들은 각자 맡은 자리로 돌아갔다.

사람들이 농장 건물에 접근해 왔을 때, 스노우볼은 첫 공격을 개시했다. 서른다섯 마리의 비둘기들은 일제히 사람들 머리 위로 날아와 공중에서 똥을 내리갈겼다. 사람들이 이에 대처하고 있을 때 울타리 뒤에

52

숨어 있던 거위들이 갑자기 뛰쳐나와 사람들의 종아
리를 매섭게 쪼아댔다. 그러나 이것은 약간의 혼란을
일으키기 위한 가벼운 전초전에 불과했고 사람들은
몽둥이로 거위들을 쉽사리 내쫓을 수 있었다. 스노우
볼은 이제 두 번째 공격으로 들어갔다. 뮤리엘과 벤
자민과 모든 양들은 스노우볼을 선두로 해서 돌진했
고, 사방에서 사람들에게 덤벼들어 치기도 하고 찌르
기도 했으며, 한편 벤자민은 뒤로 돌아서서 작은 발
굽으로 사람들을 호되게 차기도 했다. 그러나 이번에
도 몽둥이와 징을 받은 구두로 싸우는 사람들이 그들
보다 훨씬 강했다. 그러자 갑자기 스노우볼이 후퇴하
라는 신호로 비명을 지르자 동물들은 모두 몸을 돌려
문을 통해 마당으로 도망쳤다.

　사람들은 승리의 환호성을 울렸다. 그들은 예상한
대로 적들이 도망가는 것을 보고 무질서하게 추격했
다. 이것은 스노우볼의 전략이었다. 그들이 마당 한
가운데로 들어서자마자 외양간에서 잠복하고 있던
말 세 마리와 암소 세 마리 그리고 남은 돼지들 모두
가 일제히 사람들 뒤에서 나타나 그들의 퇴로를 차단
했다. 그때 스노우볼이 공격 신호를 보냈다. 스노우
볼이 직접 존스에게 곧장 대들었다. 존스는 그가 달
려드는 것을 보자 총을 들어 발사했다. 탄환은 스노
우볼의 등에 몇 군데 핏자국을 냈고 한 마리의 양을
사살했다. 스노우볼은 잠시도 쉬지 않고 15스톤이나

되는 육중한 몸으로 존스의 양다리를 쳤다. 존스는 거름더미에 내동댕이쳐졌고 총은 그의 손에서 빠져 나갔다. 그러나 무엇보다 가장 간담을 서늘하게 한 장면은 복서가 종마(種馬)처럼 뒷발로 딛고 일어서서 징 박은 커다란 발굽으로 후려치는 모습이었다. 그는 최초의 일격으로 폭스우드에서 온 마구간지기 소년의 정수리를 쳐서 진흙 바닥에 죽 뻗게 만들었다. 이 광경을 보자 여러 남자들이 몽둥이를 던져 버리고 도망치려 했다. 그들은 당황해서 쩔쩔맸으며 다음 순간 모든 동물들은 일제히 마당을 빙빙 돌며 그들을 추격 했다. 사람들은 뿔로 받히기도 하고 차이고 물리고 짓밟혔다. 농장의 동물들 중 제 나름대로 사람들에게 복수를 하지 않은 이는 아무도 없었다. 고양이조차 느닷없이 지붕에서 소몰이꾼 어깨 위로 뛰어내려 발톱으로 목을 할퀴자 그는 무서워서 고함을 질렀다. 도망갈 길이 생기자 사람들은 마당을 뛰쳐나와 큰길을 향해 도망쳐서는 안도의 숨을 쉬었다. 이와같이 해서 침입한 지 5분도 되지 않아 그들은 거위 떼들의 야유를 받고 종아리를 마구 뜯기면서 조금 전에 왔던 그 길로 치욕적인 후퇴를 하고 말았다.

　사람들은 한 명만 빼 놓고 전부 도망쳤다. 마당으로 돌아오자 복서는 진흙 속에 얼굴을 박고 엎어져 있는 마구간지기 소년을 발굽으로 흔들며 바로 눕히려고 애를 썼다. 소년은 꼼짝도 하지 않았다.

"소년은 죽었습니다. 난 그럴 생각은 없었는데, 발에 징을 박고 있다는 걸 잊고 있었습니다. 그렇지만 일부러 이렇게 한 것은 아니라는 걸 누가 믿겠습니까?"

복서는 서글픈 듯이 말했다.

"동지, 감상적인 얘기는 그만둡시다! 전쟁은 전쟁이오. 오직 착한 인간이란 죽은 자뿐이란 말입니다."

스노우볼이 외쳤다. 그의 상처에서는 아직도 피가 뚝뚝 떨어지고 있었다.

"난 목숨을 빼앗을 생각은 없었습니다. 심지어는 사람의 목숨이라도 말입니다."

복서는 되풀이해서 말했고 그의 눈에는 눈물이 흥건히 괴어 있었다.

"몰리는 어디 있습니까?" 누군가가 소리쳤다.

정말 몰리가 없어졌다. 잠시 동안 굉장히 술렁거렸다. 사람들이 몰리에게 상처를 입혔거나 아니면 끌고 가 버렸는지도 모른다고 모두들 걱정했다. 그러나 드디어 몰리가 여물통 건초 속에 머리를 처박고 외양간에 숨어 있다는 것을 알았다. 몰리는 총소리가 나자마자 도망쳐서 숨어 버린 것이었다. 그리고 그들이 몰리를 찾아내고 돌아와 보니 사실은 잠시 기절만 하고 있었던 마구간지기 소년이 이미 의식을 되찾아 도망쳤다는 것을 알게 되었다.

동물들은 이제 극도로 흥분해서 다시 모여 제각기

소리를 지르며 전쟁의 공적을 이야기했다. 즉석에서 승전 축하회가 열렸다. 기가 게양되고 '영국의 가축들' 노래를 몇 차례 부르고 나서 전사한 양을 위해 엄숙한 장례식을 치르고 무덤 가에 아가위나무를 한 그루 심었다. 스노우볼은 무덤 옆에서 짤막한 연설을 통해 모든 동물들은 '동물농장'을 위해 필요하다면 목숨을 바칠 각오가 되어 있어야 한다고 역설했다.

동물들은 무공 훈장 '제1급 동물 영웅'을 제정할 것을 만장일치로 결의하고 이 훈장은 즉시 그 자리에서 스노우볼과 복서에게 수여되었다. 이것은 놋쇠로 만들어진 메달(이것은 마구간에서 발견한 진짜 마구의 놋쇠판이었다)로 일요일과 휴일에 착용하도록 했다. 또한 '제2급 동물'이라는 훈장도 있었다. 이것은 전사한 양에게 추서되었다.

이 전쟁의 이름을 붙이는데 상당한 토론이 벌어졌다. 결국 복병이 뛰쳐나온 곳의 이름을 따서 '우사(牛舍) 전투'라고 명령했다. 존스 씨의 총은 진흙 속에 나뒹굴고 있었다. 그리고 농장 집에 여러 개의 재고 탄약통이 있다는 것도 확인했다. 그 총은 일문(一門)의 포(砲)처럼 깃대 아래 꽂아 두고 1년에 두 번——'우사 전투' 기념일인 10월 12일과 '반란 기념일'인 6월 24일에 축포를 쏘도록 결정되었다.

5

겨울이 다가오자 몰리는 점점 귀찮은 존재가 되었다. 그녀는 매일 아침 일에 늦게 나타나서는 늦잠을 잤다는 핑계로 사과를 했으며 또 원인도 모르는 병에 대해 투덜거리기도 했다. 하지만 식욕은 굉장히 왕성했다. 그녀는 있는 구실을 다 붙여 일하지 않으려고 꾀를 부리고 물 마시는 우물에 가서 비치는 자신의 모습을 쳐다보며 바보같이 서 있는 것이었다. 그러나 더 중대한 소문이 나돌기 시작했다. 어느 날 몰리가 즐거운 듯이 마당으로 나와 긴 꼬리를 흔들며 건초줄기를 씹고 있을 때 클로버가 그녀를 한쪽으로 데리고 갔다.

"몰리, 난 당신에게 진지한 걸 말하겠습니다. 오늘 아침 나는 '동물농장'과 '폭스우드 농장'과의 경계인 울타리 너머를 당신이 넘겨다보는 것을 난 보았습니다. 필킹톤 씨의 일꾼이 울타리 건너편에 서 있었습니다.──멀리 떨어져 있었지만 똑똑히 볼 수 있었습니다──그 사람이 당신에게 말을 걸고 당신 코를 쓰다듬는데도 당신은 가만히 있었습니다. 몰리, 그게

도대체 어떻게 된 겁니까?" 클로버가 말했다.

"그는 그렇게 하지 않았습니다! 나도 그렇게 하게 끔 하지 않았습니다! 그건 사실이 아닙니다!"

몰리는 되풀이했다. 하지만 그녀는 클로버의 얼굴을 똑바로 쳐다볼 수 없었다. 그리고 순식간에 들판 쪽으로 뛰어가 버렸다.

클로버에게 한 가지 생각이 떠올랐다. 다른 동물들에게는 아무것도 말하지 않고 몰리의 외양간으로 가서 발굽으로 짚더미를 헤쳤다. 짚더미 밑에 작은 각설탕 한 덩이와 여러 가지 색깔의 리본 몇 다발이 숨겨져 있었다.

사흘 후 몰리가 눈에 띄지 않았다. 몇 주일 동안 그녀의 행방을 아무도 몰랐다. 그 후 비둘기가 윌링 돈 건너편에서 몰리를 찾았다고 보고했다. 그녀는 어느 술집 밖에서 있는 빨간색과 검은색으로 칠한 멋있는 이륜 마차의 굴대 사이에 서 있었다. 바둑판 무늬의 바지와 반장화를 신고, 뚱뚱하고 얼굴이 불그스름한, 술집 주인같이 보이는 남자가 몰리의 코를 쓰다듬으면서 각설탕을 먹여 주고 있었다. 그녀는 털을 새로 깎았고 앞머리에는 자주색 리본을 달고 있었다. 그녀는 즐거워 보이더라고 비둘기가 말하는 것이었다. 어떤 동물도 몰리에 대해서는 더 이상 이야기를 꺼내지 않았다.

정월달이 되자 맹추위가 엄습했다. 땅은 쇳덩이처

럼 딱딱하게 얼어 붙었고 밭일은 아무것도 할 수가 없었다. 큰 창고에서는 회합이 빈번하게 열렸고 돼지들은 다가오는 봄철에 할 일을 계획하는 데 정신이 없었다. 다른 동물들보다 확실히 영리한 돼지가, 비록 다수결의 투표로 비준을 받긴 해야 했지만 농장 정책의 모든 문제를 결정했다. 이런 결정은 스노우볼과 나폴레옹 사이에 논쟁이 없었더라면 무척 순조롭게 진행되었을 것이다. 이들은 대체로 의견이 서로 다를 경우 반드시 의견의 일치를 보지 못했다. 어느 한쪽이 넓은 면적에 보리를 심자고 하면, 다른 한쪽은 반드시 귀리를 더 많이 심어야 한다고 주장했고 이러이러한 밭에는 양배추를 심는 것이 좋다고 하면, 상대방은 거기에는 근채류(根菜類) 이외에는 아무것도 안 된다고 언명하는 것이었다. 제각기 지지해 주는 자들이 있었기 때문에 격론이 벌어졌다. 회의석에서 스노우볼은 그 뛰어난 언변으로 대다수를 포섭할 수 있었다. 하지만 나폴레옹은 때때로 자기를 지지해 달라고 권유하는 데 재주가 있었다. 그는 특히 양들을 선동하는 데 성공했다. 요즈음 양들은 "네 다리는 좋고 두 다리는 나쁘다"고 항상 소리를 질렀는데, 그들은 이런 방법으로 회의를 방해하는 일이 가끔 있었다. 그들은 특히 스노우볼이 연설할 때 중요한 대목에 이르면, "네 다리는 좋고 두 다리는 나쁘다"라고 외치는 경향이 있었다. 스노우볼은 농장집에서 발견

한 《농민과 목축업》이라는 묵은 잡지 몇 권을 면밀하
게 검토하고 나서 여러 가지 혁신과 개선에 대한 계
획을 가지고 있었다. 그는 밭의 배수로, 생목초 저장
법, 인산 석회 등에 관해서 유식하게 이야기를 늘어
놓았고 모든 동물들이 짐수레 운반의 노동력을 덜기
위해 각자의 배설은 매일 장소를 바꾸어 직접 밭에
가서 행하는 복잡한 계획을 생각해 냈다. 나폴레옹은
자기의 계획을 내놓지는 못했지만, 스노우볼의 계획
은 실패한다고 조용히 말하고 때를 기다리고 있는 것
같았다. 그러나 여러 논쟁 가운데 풍차에 관한 것만
큼 격렬한 것은 없었다.

　농장 건물에서 멀지 않은 긴 목장 안에 농장에서
제일 높은 작은 산이 있었다. 스노우볼은 지형을 설
명한 후 이곳이 풍차를 세우는 데 적당한 장소이며
그 풍차로 발전기를 돌려 농장에 전기를 공급할 수
있다고 말했다. 이렇게 되면 마구간에 불이 들어가고
겨울에는 따뜻해지며 둥근 톱, 작두, 사료 써는 기
계, 전기 착유기(搾油機) 등을 사용할 수 있다는 것
이었다. 동물들은 지금까지 이런 것을 들어 본 적이
없었다(이 농장은 구식이었기 때문에 아주 원시적인
기계밖에 없었다). 그래서 그들은 한가롭게 들판에서
풀을 뜯어먹고 있을 때라든지, 독서와 담화로 교양을
닦고 있는 동안 자기들을 대신해서 일해 줄 수 있는
환상적인 기계들을 스노우볼이 설명해 주고 있을 때

는 넋을 잃고 듣고만 있었다.

2~3주일도 안 되어, 스노우볼의 풍차에 관한 계획이 충분히 작성되었다. 기계의 설계는 존스 씨가 가지고 있던 세 권의 책——《가정백과》《아마추어 벽돌공》《전기학 입문》 등에서 얻어 낸 것이었다. 스노우볼은 예전에 인공 부화기가 설치되어 있던 방으로서 제도하기에 알맞은, 매끄러운 마루가 깔린 작은 방을 서재로 사용했다. 그곳에 틀어박혀 몇 시간이나 계속해서 꼼짝 않고 있었다. 책을 펼쳐 돌로 눌러 놓고 백묵을 발가락 사이에 끼고 민첩하게 이쪽저쪽으로 움직여 선을 여기저기 그어대며 흥분해서 코를 드르렁거리며 이러한 일을 해내는 것이었다. 설계도는 점점 회선반(回旋盤)이나 톱니바퀴의 복잡한 단계까지 이르러 마룻바닥의 반 이상이나 자리를 차지했다. 이것은 다른 동물들에게는 전혀 이해되지 않았지만 극히 강한 감동을 주었다. 모든 동물들이 적어도 하루에 한 번 정도는 스노우볼의 설계도를 보러 왔다. 암탉과 오리까지도 찾아와서 백묵으로 표시한 부분을 밟지 않으려고 애를 쓰면서 걸어다녔다. 나폴레옹만은 접근하지 않았다. 그는 처음부터 풍차는 반대한다고 했다. 그러나 그는 어느 날, 예고 없이 이 설계도를 알아보려고 왔다. 작은 방 안을 뚜벅뚜벅 걸어다니며 설계도를 자세히 들여다보고 한두 번 코방귀를 뀌면서 잠시 동안 서서 곁눈질로 찬찬히 쳐다보았다. 그러고 나서 갑자

기 한쪽 다리를 쳐들더니 설계도 위에 오줌을 내깔기고는 한 마디 말도 없이 나가 버렸다.

농장 전체는 풍차 문제로 완전히 두 파로 갈라졌다. 스노우볼도 이것이 힘든 사업이라는 것은 부인하지 않았다. 돌을 돌산에서 캐어 그것을 쌓아 벽을 세워야 했고 풍차 날개도 만들어야 했으며 그 후엔 발전기와 전선이 필요했다(이런 것을 어떻게 입수할 것인지에 대해서 스노우볼은 아무 말도 하지 않았다). 그렇지만 그는 1년이면 전부 할 수있다고 주장했다. 그리고 이 사업이 완성되고 나면 노동력이 많이 절약되기 때문에 동물들은 1주일에 3일만 일하면 된다고 했다. 한편 나폴레옹은 당장 시급한 것은 식량 증산이며 풍차 때문에 시간을 낭비 하면 전부 굶어 죽게 된다고 역설했다. 동물들은 '스노우볼에 찬성해서 1주 3일 일하기 운동'과 '나폴레옹에 찬성해서 배불리 먹기 운동'이라는 두 가지 표어를 걸고 두 패로 나뉘었다. 벤자민이 어느 파에도 가입하지 않은 유일한 동물이었다. 그는 식량이 더욱 증산되리라는 것도, 또 풍차가 노동력을 덜어 주리라는 것도 믿지 않았다. 풍차가 있든 없든 생활은 전과 마찬가지로 고생스러울 것이라고 그는 말했다.

풍차를 둘러싼 논쟁말고도 농장 방위에 대한 또 다른 문제가 있었다. 인간들이 '우사 전투'에서 패배는 했지만 그들은 농장을 탈환해서 존스 씨를 복위시키려고 보다 단호한 계획을 재차 세우고 있으리라는 것이 충분히 납득되었다. 인간들이 패배했다는 소식이 인근 지방으로 퍼져 갔고 이웃 농장의 동물들이 예전보다 다루기 힘들어졌기 때문에 사람들은 이런 계획을 세워야 할 이유가 더욱 커진 것이었다. 여느 때처럼 스노우볼과 나폴레옹은 의견이 일치되지 못했다. 나폴레옹의 주장에 의하면, 동물들이 해야 할 일은 화기(火器)를 구입해서 그 사용법을 훈련하는 것이었다. 스노우볼은 더욱더 많은 비둘기를 보내어 다른 농장의 동물들에게 반란을 선동시켜야 한다고 주장했다. 한쪽은 그들이 자기 방위를 할 수 없게 되면 그들은 반드시 정복될 것이라고 주장했고, 다른 한쪽은 반란이 사방에서 일어난다면 자기 방어의 필요는 없어진다고 주장했다. 동물들은 처음엔 나폴레옹의 주장에 귀를 기울였고 다음엔 스노우볼의 이야기를 들었지만, 어느 쪽이 옳은지 판단하기는 어려웠다. 실제로 그들은 이야기를 하고 있는 쪽에 늘 동의하고 있었다.

드디어 스노우볼의 설계가 완성되는 날이 왔다. 그 다음 일요일 회합에서 풍차 작업에 착수할 것인가 안 할 것인가를 표결하기로 했다. 동물들이 큰 창고에 집합했을 때 스노우볼이 일어나서, 때때로 양들의 웅성거리는 소리에 방해를 받았지만 풍차를 세우려는 이유를 설명했다. 다음에 나폴레옹이 일어나서 응수했다. 그는 풍차란 무의미란 것이며 찬성 투표를 하지 말라고 아주 조용히 말하고 나서 재빨리 착석했다. 그는 겨우 30초 동안 연설했으며, 그 효과 같은 것은 거의 안중에도 없는 것 같았다. 그때 스노우볼이 벌떡 일어나서 또다시 웅성거리기 시작하는 양들에게 소리를 질러 조용히 하게 하고 나서 풍차 건설에 찬성해 달라고 열렬히 호소했다. 이때까지는 동물들의 찬부는 거의 같은 수였다. 하지만 순식간에 스노우볼의 열변이 그들의 마음을 휘어잡았다. 그는 열렬한 말투로 천박한 노동의 부담이 동물들이 등에서 벗겨지는 날의 '동물농장' 광경을 아름답게 이야기했다. 그의 상상력은 이제 작두나 순무를 얇게 써는 기계의 영역을 훨씬 넘어서고 있었다. 전기는 모든 마구간에 전등과 냉온수와 전기 난방기를 공급할 뿐만 아니라 탈곡기와 쟁기와 써레와 땅고르개와 수확기와 단을 묶는 기계도 가동시킬 수 있다고 말했다. 그가 연설을 마쳤을 때는 어느 쪽으로 표결될 것인지에 대해서는 의심할 여지도 없었다. 그러나 바로 이때 나폴레옹이 일어나서 독특한 곁눈질로 스노우볼을 노려본 다음, 지금까지 누구도 들어 보지 못한 높은 음성으로 소리를 질렀다.

이때 문밖에서 무섭게 개 짖는 소리가 들려 오더니 놋쇠 장식이 달린 목걸이를 한 거대한 개 아홉 마리가 창고 안으로 뛰어 들어왔다. 그들은 곧장 스노우볼에게 달려들었다. 스노우볼은 간신히 그 자리에서 뛰쳐나와 개들에게 물어뜯기는 화를 면할 수가 있었다. 재빨리 그는 밖으로 나왔지만 개들은 그의 뒤를 쫓았다. 동물들은 어안이 벙벙해진 채 문쪽으로 몰려 그 추격전을 바라보았다. 스노우볼은 큰길로 통하는 길다란 목장을 가로질러 달렸다. 그는 돼지 특유의 속도로 뛰었지만 개들은 곧 그 뒤까지 접근하고 있었다. 갑자기 그가 미끄러졌다. 개들이 분명히 그를 붙잡았다고 생각했다. 그때 그는 다시 일어나 전보다 더 빨리 달렸다. 개들은 또다시 그를 따라붙었다. 그 중 한 마리가 스노우볼의 꼬리를 이빨로 거의 물 뻔했지만 스노우볼은 재빨리 꼬리를 휘둘러 겨우 화를 모면했다. 그러고 나서 그는 안간힘을 써서 불과 몇 인치를 사이에 두고 울타리 구멍으로 빠져 나가 자취를 감추어 버렸다.

동물들은 공포에 질려 아무 말도 못하고 창고로 슬금슬금 돌아왔다. 개들도 재빨리 뛰어 돌아왔다. 처음에는 이 개들이 어디서 왔는지 누구도 상상 못했지만 문제는 곧 풀렸다. 그들이 강아지였을 때 나폴레옹이 어미로부터 격리시켜 사사로이 길러 온 것이었다. 아직 완전히 자라지는 않았지만 거대한 체구로서 늑대처럼 사나운 얼굴을 하고 있었다. 그들은 나폴레옹 옆에 딱 붙어 있었다. 다른 개들이 존스 씨에게 한 것과 똑같이 나폴레옹에게 꼬리를 흔들고 있었다.

나폴레옹은 개들을 이끌고 전에 메이저가 연설한

높은 단상으로 올라갔다. 그는 앞으로 일요일 아침 회합은 중지한다고 선언했다. 그런 회합은 불필요하고 시간 낭비라고 말했다. 앞으로 농장 운영에 관한 모든 문제는 자신이 의장직을 맡고 있는 돼지들의 특별 위원회에서 결정하겠다는 것이었다. 이 위원회는 비밀회의로 하며 그들의 결정은 후에 다른 동물들에게 전달한다는 것이었다. 동물들은 앞으로도 일요일 아침에 모여 기에 경례를 하고 '영국의 가축들'을 노래하며 그 주일의 일에 대한 명령은 하달받겠지만 토론은 일체 하지 않기로 한다는 것이었다.

동물들은 스노우볼의 추방으로 인한 충격에도 불구하고 이 성명을 듣고 당황했다. 정당한 의견만 생각났더라면 항의했을 동물들도 상당수 있었다. 복서조차 어쩐지 걱정이 되었다. 그는 귀를 뒤로 젖히고 몇 번이나 앞머리를 흔들어 생각을 정리하려고 애썼다. 그러나 결국 아무것도 말할 수가 없었다. 몇몇 돼지들은 그래도 좀더 뚜렷한 생각을 입 밖에 낼 수가 있었다. 앞줄에 앉은 네 마리의 젊은 식용 돼지는 불만이 높은 소리를 지르고 네 마리 모두가 벌떡 일어나서 지껄이기 시작했다. 그러나 나폴레옹의 주위에 앉아 있던 개들이 위협적으로 낮게 으르렁거렸기 때문에 돼지들도 아무 소리 못하고 다시 주저앉았다. 그리고 나서 양들이 '네 다리는 좋고 두 다리는 나쁘다!' 하고 큰소리로 외치며 15분 가까이 계속 떠들어

댔기 때문에 토론의 기회를 놓쳐 버렸다.

그 후 스퀼러는 농장 여기저기에 파견되어 다른 동물들에게 새로운 조치를 설명했다.

"동지 여러분, 나폴레옹 동지가 스스로 분에 넘치는 수고를 희생적으로 한 것에 대해 여기에 있는 모든 동물들이 감사하고 있다는 것을 나는 확신합니다. 동지 여러분, 지도한다는 것이 즐거운 일일거라고 생각해서는 안 됩니다. 반대로 그것은 굉장히 무거운 책임인 것입니다. 모든 동물들이 평등하다는 것을 나폴레옹 동지만큼 확고하게 믿는 이도 없을 겁니다. 그는 동지 여러분들의 결의를 여러분들 스스로가 결정하는 것을 오히려 기쁘게 생각하고 있습니다. 그러나 동지 여러분, 여러분들은 잘못 결의를 할 수도 있는 겁니다. 그렇게 된다면 우리는 도대체 어떻게 되겠습니까? 여러분들이 저 풍차라는 어리석은 일로 해서 스노우볼을 따르기로 결정했다고 생각해 보십시오 ── 스노우볼은 우리가 현재 알고 있는 바와 같이 죄인임이 틀림없는 자가 아니겠습니까?" 스퀼러가 말했다.

"그는 '우사 전투'에서 용감하게 싸웠습니다." 누군가가 말했다.

"용감한 것만으로는 충분하지 않습니다. 충성과 복종이 더욱 중요합니다. 그리고 '우사전투'로 말할 것 같으면 스노우볼이 해낸 일은 과장된 것이라고 깨닫게 될 때가 언젠가는 올 것이라고 나는 믿고 있습니다. 동지 여러분, 규율, 철통 같은 규율! 이것이 오늘의 표어입니다. 한 발자국만 잘못 디디면 적들이 우리들을 억압하고 말 것입니다. 동지 여러분, 확실히 여러분들은 존스가 다시 오기를 바라진 않겠지요?" 스퀼러가 말했다.

여기서도 또 이런 의론에 반박이 있을 수 없었다. 동물들은 존스의 복귀를 원하지 않는 것이 확실했다. 만일 일요일 아침 토론을 고집하는 것이 존스를 돌아오게 만드는 일이라면 그런 토론은 중지해야만 했다. 복서는 여태까지 여러 가지로 생각해 볼 시간이 있었기 때문에 다음 한 마디로 전반적인 분위기를 대변해 주었다.

"만일 나폴레옹 동지가 그렇게 말한다면 그것은 옳습니다."

그리고 이때부터 그는 '더 열심히 일하자'라는 그 개인적인 표어에 부언해서 '나폴레옹은 항상 옳다'라는 금언을 쓰기로 했다.

이때쯤 날씨가 풀렸기 때문에 봄갈이가 시작되었다. 스노우볼이 풍차의 설계도를 그렸던 조그만 방은 폐쇄되어 버렸고 마룻바닥의 설계도는 지워졌을 것으로 생각되었다. 일요일 아침마다 동물들은 10시에 큰 창고에 모여 그 주일의 명령을 받았다. 이제는 살점이 깨끗이 떨어져 나간 메이저 영감의 두개골이 과수원에서 파 내어져 깃대 밑 그루터기 위에 얹어져

총과 나란히 세워졌다. 기를 게양한 후 동물들은 창
고로 들어가기 전에 일렬로 서서 정중하게 두개골 앞
을 행진했다. 요즈음은 이전과 같이 전부 함께 자리
에 앉는 일은 없었다. 나폴레옹은 스퀄러와, 노래와
시를 짓는 데 탁월한 재능을 가진 미니머스란 이름의
또 한 마리 돼지와 함께 높이 쌓은 연단 앞에 앉았고
그 주위에 아홉 마리의 젊은 개들이 반원형으로 진을
치고 있었으며 뒤에는 다른 돼지들이 자리를 차지하
고 있었다. 나머지 동물들은 창고 중앙에서 이들과
마주 보고 있었다. 나폴레옹은 군인같이 무뚝뚝한 자
세로 그 주일의 하달 사항을 큰소리로 읽었고 모든
동물들은 '영국의 가축들'을 한 번 부르고 나서 모두
해산했다.

스노우볼이 추방되고 나서 세 번째로 맞이한 일요
일, 나폴레옹이 결국 풍차를 짓기로 했다는 발표를
듣자 동물들은 약간 놀랐다. 그는 마음이 변한 이유
를 한 마디도 말하지 않고 다만 이 특별 사업은 아주
힘든 일이고 그들에게 할당되는 식량도 줄일 필요가
있을지도 모른다고 경고했을 뿐이었다. 그러나 그 설
계는 최후의 부분까지 온전히 준비가 완료되어 있었
다. 돼지들의 특별 위원회가 지난 3주 동안 이것을
연구해 온 것이었다. 풍차 건설은 다른 여러 가지 개
량 사업과 함께 2년이 걸린다고 했다.

그날 밤 스퀄러는 나폴레옹이 사실은 풍차에 반대

했던 것은 아니었고다고 다른 동물들에게 암암리에 설명해 주었다. 그와 반대로 처음에 그 안을 생각해 낸 것은 나폴레옹이었으며, 스노우볼이 인공 부화기가 있던 조그마한 집의 마룻바닥에 그린 설계도는 나폴레옹의 서류에서 훔친 것이라라고 했다. 풍차는 나폴레옹의 독자적인 생각이라는 것이었다. 그렇다면 그가 그렇게 강력하게 반대한 이유는 뭣이었냐고 누군가가 물었다. 여기서 스퀼러는 정말 교활한 표정을 지었다. 그것은 나폴레옹 동지의 꾀라고 그는 말했다. 나폴레옹이 풍차를 반대하는 것같이 보여 준 것은 스노우볼이 위험한 인물로서 나쁜 영향력을 갖고 있었기 때문에 그를 배제하려는 책략에 불과했다는 것이었다. 스노우볼이 없어졌기 때문에 이 계획은 그의 방해 없이 진행될 수 있다고 했다. 이것이 이른바 전술이라는 것이라고 스퀼러는 말했다. 그는 명랑한 웃음을 짓고 꼬리를 흔들며 이리저리 뛰어다니면서 "전술입니다. 동지 여러분, 전술입니다!" 라고 여러 번 반복해서 말했다. 동물들은 그 말이 무슨 뜻인지 똑똑히 알아들을 수가 없었다. 그러나 스퀼러가 워낙 설득력 있게 말했고 그와 함께 있던 세 마리의 개들이 무척 협박조로 으르렁거렸기 때문에 그들은 더 이상 질문도 하지 못하고 스퀼러의 설명을 인정했던 것이다.

6

그 한 해 동안 동물들은 줄곧 노예처럼 일했다. 그
러나 그들은 일을 즐거워했다. 그들은 자기들이 하는
일 전부가 자신들은 물론 후세의 이익을 위한 것이지
결코 빈들거리며 도둑질이나 하는 인간들을 위한 것
이 아님을 익히 알고 있었기 때문에 어떤 노력이나
희생도 아끼지 않았다.

봄과 여름에는 주당 60시간씩 일했고, 8월에는 나
폴레옹이 앞으로 일요일 오후에도 일이 있을 것이라
고 발표했다. 이 일은 엄밀하게 따지자면 자발적인
것이었지만 여기에 출석하지 않는 동물은 누구나 식
량 배급이 반으로 줄게 되었다. 그렇게까지 일을 했
는데도 어떤 일은 끝내지 못하고 남겨야만 했다. 수
확은 지난 해보다 조금 줄어들었고 초여름에 근채류
씨를 뿌려야 할 두 밭에는 밭갈이가 늦어졌기 때문에
아직 씨를 뿌리지 못했다. 이번 겨울은 고생스러우리
라는 것을 미리 짐작할 수 있었다.

풍차는 예상하지 못했던 난관에 봉착했다. 농장에
는 질 좋은 석회암 채석장이 있었고 모래와 시멘트

는 창고 하나에 가득했다. 다시 말해 건축에 필요한 재료는 잘 갖추어져 있었다. 그러나 동물들이 처음 해결할 수 없었던 문제는 돌을 적당한 크기로 자르는 방법이었다. 이것을 하려면 곡괭이와 쇠지렛대를 사용하는 방법밖에 없었다. 그런데 동물은 뒷다리만으로는 서 있을 수 없기 때문에 그런 도구들을 사용할 수 없었다. 수주일에 걸쳐 헛된 노력을 한 후에야 비로소 좋은 생각이 누군가의 머리에 떠올랐다——즉 지구의 인력을 이용하는 것이었다. 너무 커서 쓸모도 없는 거대한 돌들이 그대로 채석장 바닥에 깔려 있었다. 동물들은 이것에 밧줄을 매어 암소, 말, 양뿐만 아니라 밧줄을 잡을 수 있는 동물들은 다 동원해서——아주 위험한 때는 돼지조차 이에 가담해서——필사적으로 조금씩 채석장 비탈을 이용해서 꼭대기까지 끌어올려 놓고 가에서 밑으로 굴러뜨려 밑에서 잘게 부서지게 했다. 일단 돌이 잘게 깨어지면 운반하는 것은 비교적 간단했다. 말들은 마차로 날랐고 양들은 한 덩어리씩 끌어 날랐으며 뮤리엘과 벤자민조차도 스스로 낡은 이륜마차에 멍에를 매고 할당된 일을 했다. 늦은 여름이 되자 돌은 충분히 쌓였고 돼지들의 감독하에 공사가 시작되었다.

그러나 이것은 더디고 힘든 공정(工程)이었다. 단한 개의 돌덩이를 채석장 꼭대기까지 끌어올리는 데

전력을 다해도 꼬박 하루가 걸릴 때도 여러 번 있었으며 그것을 벼랑 가에서 밀어 떨어뜨려도 깨지지 않는 적도 여러 번 있었다. 무슨 일이든 복서 없이는 할 수 없었다. 복서의 힘은 다른 동물들의 힘을 전부 합친 것과 맞먹을 정도였기 때문이었다. 돌덩어리가 구르기 시작해서 동물들이 질질 끌려 언덕 아래로 떨어져 내려가는 순간 절망적인 소리를 낼 때, 밧줄을 팽팽하게 잡아당겨서 돌덩어리가 미끄러져 떨어지는 것을 막는 것은 항상 복서였다. 그가 숨가쁘게 발굽 끝을 땅에 세우고 커다란 배를 땀으로 흠뻑 적시며 한 발짝 한 발짝 비탈을 올라가는 모습은 보는 이로 하여금 깜짝 놀라게 했다. 클로버는 때때로 너무 무리하지 않도록 조심하라고 충고했지만 복서는 귀담아 들으려 하지 않았다. 그의 두 가지 표어, '더 열심히 일하자'와 '나폴레옹은 항상 옳다'는 모든 질문에 대한 그의 충분한 대답이 되는 것 같았다. 그는 젊은 수탉에게 부탁하여 매일 아침 다른 동물들보다 30분 일찍 깨우게 하던 것을 45분 빨리 깨우게 하였다. 그리고 요즈음엔 별로 많지도 않았지만 그래도 틈만 생기면 혼자 채석장에 가서 부서진 돌덩이를 한 무더기 모아 다른 동물들의 도움도 받지 않고 풍차를 세우는 장소로 끌고 가는 것이었다.

　동물들은 그해 여름 일이 고달팠지만 생활만은 궁

색하지 않았다. 존스 시절보다 더 넉넉한 식량을 배급받지는 못했지만 그렇다고 그보다 적은 편도 아니었다. 자기들끼리만 먹으면 되었고 사치스러운 다섯 명의 인간들을 부양할 필요가 없는 것이 대단히 유리했기 때문에 실패가 있다 하더라도 그것을 충분히 보상하고도 남음이 있었다. 게다가 여러 가지 면에서 동물들이 하는 일의 방식은 보다 능률적이어서 힘도 덜 들었다. 예를 들면 잡초를 뽑는 것과 같은 일은 인간들이 할 수 없을 정도로 철저하게 해냈다. 그리고 동물들은 이제 도둑질을 하지 않았기 때문에 경작지와 목장 사이에 울타리를 칠 필요가 없었다. 이것은 울타리나 문 따위를 유지하는 데 드는 상당량의 노동력을 덜어 주었다. 그럼에도 불구하고 한여름이 지나면서 여러 가지 예상 밖의 부족한 점들을 피부로 느끼기 시작했다. 파라핀 유(油), 못, 끈, 개가 먹는 과자. 그리고 말발굽의 징이 필요했지만 이런 것들은 하나도 농장에서 만들어 낼 수가 없었다. 나중에는 여러 가지 도구 이외에 종자와 인공 비료도 필요해졌으며 마침내 풍차에 사용할 기계도 필요하게 되었다. 그러나 이렇게 필요한 것들을 어떻게 만들어 낼지 아무도 생각해 낼 수가 없었다.

어느 일요일 아침, 동물들이 작업 명령을 듣기 위해서 모였을 때 나폴레옹은 새로운 정책을 결정했다고 발표했다. 이제부터 '동물농장'은 이웃 농장과

교역을 하겠다는 것이었다. 물론 이것은 상업 목적이 아니고 단지 긴요하게 필요한 원자재를 얻기 위해서였다. 풍차에 필요한 물품들은 다른 모든 것에 우선해야 한다고 그는 말했다. 그렇기 때문에 그는 건초더미와 금년도 보리 수확의 일부 등을 팔기로 작정했고 그 후에 만일 돈이 더 필요하게 되면, 윌링돈에는 상설 달걀 시장이 있기 때문에 그때 달걀을 팔아서 보충해야만 한다고 했다. 암탉들은 풍차건설을 위해 그들 나름대로 특별한 기여를 하려면 이러한 희생을 기꺼이 받아들여야 한다고 나폴레옹은 말했다.

동물들은 다시 한 번 막연하게나마 불안감을 느꼈다. 인간들과는 여하한 거래도 하지 않는다는 것, 교역을 하지 않는다는 것, 돈을 사용하지 않는다는 것——이런 것들이야말로 존스를 쫓아내고 나서 열린 최초의 개선 회의에서 제일 먼저 결정된 사항이 아니었던가? 모든 동물들은 이러한 결의가 통과됐던 것을 기억하고 있었다. 아니, 적어도 기억하고 있는 것같이 생각되었다. 나폴레옹이 회의를 폐지했을 때 항의를 제기한 네 마리의 젊은 돼지들이 머뭇거리면서 말을 꺼냈으나 개들이 무시무시하게 으르렁거리는 바람에 곧 입을 다물고 말았다. 그러자 여느 때처럼 양들이 '네 다리는 좋고 두 다리는 나쁘다!' 하고 합창을 해 한때의 험악했던 분위기도 해소되었다. 마침내 나폴레옹은 앞발을 쳐들고 조용히 하라고 한 다음, 자기는 벌써 모든 것을 결정했다고 발표했다. 어떤 동물도 인간과 직접 접촉할 필요는 없으며 그것은 분명히 가장 바람직하지 못한 일이라는 것이었다. 그는 모든 책임을 자기 스스로가 지겠다는 생각이었다. 윌링돈에 거주하는 윔퍼 씨라는 지방 변호사는 이 '동물농장'과 외부 세계와의 중개자가 될 것을 허락했고 월요일 아침마다 지시를 받기 위해 이 농장에 오기로 되어 있다는 것이었다. 나폴레옹은 평상시와 같이 '동물농장 만세!'를 외치며 연설을 끝냈고 동물들은 '영국의 가축들'을 합창하고 나서 해산했다.

그 후 스퀼러는 농장을 순회하며 동물들의 마음을 진정시켰다. 그는 무역을 하지 않겠다는 것과 화폐를 사용하지 않겠다는 것에 대한 결정은 통과된 적이 없고 심지어 그런 안은 제안조차 한 일도 없다고 동물들에게 확언했다. 그것은 순전히 공상이며 아마도 근거가 있다면 그것은 처음 스노우볼이 퍼뜨린 거짓말에서 비롯되었을 거라고 말했다. 몇몇 동물들이 막연하게나마 여전히 의심을 품자 스퀼러는 예리한 질문을 그들에게 했다.

"동지 여러분! 그건 여러분이 꿈을 꾼 게 아니라고 확신할 수 있습니까? 그런 결정에 대한 기록이 있습니까? 어디에 그런 것이 명기되어 있습니까?"

그런 것들은 기록으로서 남아 있지 않은 것이 확실했기 때문에 동물들은 자기들이 잘못 생각하고 있었다고 납득했다.

월요일마다 윔퍼 씨는 약속대로 농장을 찾아왔다. 그는 구레나룻을 기르고 교활한 얼굴을 한, 체구가 작은 남자로서 그다지 썩 눈에 띄지 않는 지방 변호사였지만 아주 빈틈이 없었기 때문에 누구보다도 먼저 '동물농장'에는 중개인이 필요하며 그 수수료도 상당히 많으리라는 것을 알아차렸다. 동물들은 일종의 공포감을 가지고 그의 출입을 지켜 보았으며 될수 있는 한 그를 기피했다. 그럼에도 불구하고 네다리로 서 있는 나폴레옹이 두 다리로 선 윔퍼에게 지령을 내리는 모습은 그들의 자부심을 불러일으켰고 이 새로운 결정에 얼마간 만족했던 것이었다. 지금 인간과 그들의 관계는 전과는 전혀 달라졌다. 그러나 인간들은 지금 번창하고 있는 '동물농장'에 대해 증오감을 덜 가진 것은 아니었고 오히려 전보다 더 미워했다. 사람들은 누구나 이 농장이 조만간에 붕괴될 것이고, 특히 풍차는 실패하리라는 것을 신조로 삼고 있었다. 그들은 선술집에서 만나면 도표를 꺼내서 풍차는 틀림없이 실패할 것이며 설사 세워진다 해도 결코 가동은 되지 않을 것이라고 서로 증명하는 것이었다. 그러나 그들은 역시 동물들이 자기네들 일을 능률적으로 처리해 나가는 데 대해서는 어떤 존경심마저 품게 되었다. 그 한 가지 표시로서, 그들은 '동물농장'을 그 이름대로 부르기 시작했고 '장원농장'이라는 이름 따위로는 부르지 않았다. 그들은 또 존스가 농장을 다시 찾겠다는 희망을 저버리고 다른 고장으로 이주해 버렸기 때문에 그를 옹호하지 않았다. 윔퍼를 통하는 이외에는 '동물농장'과 외부 세계와의 접촉은 아직 없었다. 하지만 나폴레옹은 폭스우드의 필킹톤 씨나 핀치필드의 프레드릭 씨 중 어느 한 사람과 일정한 거래 협정을 맺으려고 하고 있다는 소문이 끊임없이 나돌았다――그러나 두 사람과 동시에 협정을 맺지는 않으리라는 것이 밝혀졌다.

바로 이즈음에 돼지들은 갑자기 농장 집으로 이사를 해서 거기서 거주하기로 했다. 동물들은 다시 이것을 반대하는 결의가 초기에 이미 통과되었다는 사실을 상기하는 것 같았지만, 스퀼러는 이번에도 그들에게 그것은 사실 무근이었다고 설득할 수가 있었다. 그는 돼지들이 농장의 두뇌들이기 때문에 그들은 일할 수 있는 조용한 장소를 가지는 것이 절대로 필요하다고 말했다. 게다가 지도자(요즈음 스퀼러는 나폴레옹을 말할 때는 '지도자'라는 칭호를 붙였다)의 위엄에도 관계되는 것으로서 보통의 돼지 우리보다 이 집에 사는 것이 더욱 합당하다고 말했다. 그럼에도 불구하고 동물들 중에는 돼지들

이 부엌에서 식사를 하고 응접실을 오락실로 사용
할 뿐만 아니라 침대에서 잠을 잔다는 말을 들었을
때 마음이 평온치 않은 자들도 있었다. 복서는 여
느 때처럼 '나폴레옹은 항상 옳다!'는 것으로 인정
해 버렸지만, 클로버는 침대 사용을 금한다는 뚜렷
한 규칙을 기억하고 있었기 때문에 창고 끝으로 가
서 거기에 쓰여 있는 칠계명을 읽어 보려고 했다.
그녀는 각 글자밖에 읽을 수 없었기 때문에 뮤리엘
을 데리고 왔다.

"뮤리엘, 넷째 계명을 읽어 줘요. 절대로 침대에서
자지 말라는 조항이 있지 않습니까?" 클로버가 물었
다.

"'어떤 동물도 시트를 사용해서 침대에서 자서는
안 된다'고 쓰여 있습니다."

마침내 그녀는 말했다.

정말 이상하게도 클로버는 넷째 계명에 시트에 관
한 언급이 있었다는 것을 기억할 수가 없었다. 하지
만 그렇게 쓰여 있다면 그것은 그럴 수밖에 없었다.
그런데 마침 두서너 마리의 개를 데리고 지나가던
스퀼러가 사태의 전모를 똑똑히 설명해 줄 수 있었
다.

"동지 여러분, 여러분들은 우리 돼지들이 요즈음
농장 집의 침대에서 잔다는 소리를 들었지요? 그런
데 그것은 그렇게 나쁜 것이 아닙니다. 침대 금지의

규칙이 있었다고 생각하는 것은 설마 아니겠지요? 침대라는 것은 단순히 잠자는 장소를 의미합니다. 외양간에 있는 짚더미도 정확히 말하면 침대인 것입니다. 규칙은 인간이 만들어 낸 시트를 금지하는 겁니다. 우리들은 농장 집 침대에서 시트를 치워 버리고 담요를 덮고 자고 있습니다. 그것도 정말 편한 침대더군요! 그러나 동지 여러분, 우리들이 요즈음 해야 하는 두뇌 작업에 비추어 보면 결코 분에 넘치는 쾌락은 아닙니다. 동지 여러분, 여러분들은 설마 우리의 휴식을 빼앗을 작정은 아니겠지요? 우리가 의무를 수행하지 못하게끔 우리를 피로하게 하지는 않겠지요? 분명히 여러분들은 누구도 존스가 다시 돌아오는 것을 원하고 있지는 않겠지요?" 그는 말했다.

동물들은 이 점에 대해서는 딱 들어맞는 이야기라고 재빨리 말하고 나서 더 이상 돼지들이 농장 집 침대에서 자는 것에 대해 말하지 않았다. 그리고 그로부터 며칠 후 이제부터 돼지들은 다른 동물들보다 한 시간 늦게 일어날 것이라고 발표했을 때도 여기에 대해 아무런 불평이 없었다.

가을이 되자 동물들은 지쳐 있었지만 행복했다. 그들은 고생스런 한 해를 보냈고 건초와 옥수수의 일부를 매각한 후에는 겨울 식량의 재고가 결코 넉넉하지 못했다. 하지만 풍차가 모든 것을 보상해 주었다. 이것은 거의 반이 완성되어 있었다. 가을 추수가 끝난 후, 건조하고 맑은 날씨가 계속되었다. 그리고 동물들은 벽을 한 자라도 더 높이 쌓을 수 있다면 하루 종일 부지런히 돌덩이를 운반할 만한 가치가 있다고 생각하면서 전보다 더욱 열심히 일했다. 복서는 밤에도 나와서 가을 달빛을 받으며 한두 시간 동안 혼자서 일을 하곤 했다. 동물들은 여가 시간이 나면 반쯤 완성된 풍차 주위를 돌면서 그 벽의 튼튼함과 깎아지른 듯한 높이에 감탄하고 자기들이 어떻게 이렇게 훌륭한 것을 세울 수 있었던가 하고 놀라기도 했다. 단지 벤자민 영감만은 완고하게 풍차에 열의를 나타내지 않았고 예전과 같이 당나귀는 오래 사는 짐승이라는 애매한 말 이외에는 아무 이야기도 입 밖에 내려고 하지 않았다.

남서풍이 휘몰아치는 11월이 다가왔다. 날씨가 너무 축축해서 시멘트를 섞을 수 없었기 때문에 건축을 중단해야만 했다. 마침내 어느 날 밤, 바람이 심하게 불어 농장 건물들 전체가 흔들리고 창고 지붕에서 기왓장 여러 개가 날아가 버렸다. 암탉들은 한결같이 멀리서 총소리가 들려 오는 꿈을 꾸고 공포에 질려 눈을 뜬 채로 울고 있었다. 아침이 되어 동물들이 축사(畜舍)에서 나와 보니 게양대는 쓰러져 있었고 과수원 아래 있는 느릅나무는 무우같이 뽑혀 있었다. 이런 장면을 보았을 때, 모든 동물들의 목구멍에서는 일제히 비명 소리가 터져 나왔다. 무참한 장면이 그들 눈에 들어왔기 때문이었다. 풍차는 쓰러져 버리고 말았다.

그들은 일제히 현장으로 달려왔다. 좀처럼 뛰지 않던 나폴레옹도 앞장서서 달렸다. 정녕 풍차는 쓰러져 있었다. 그들의 고투(苦鬪)의 결실이 바닥째 무너져 있었고 그들이 그렇게 애써 깨어서 운반했던 돌들이 풍지박산 흩어져 있었다. 처음에는 아무 말도 못하고 단지 무너진 돌더미를 비통한 표정으로 바라보고 있었다. 나폴레옹은 잠자코 서성거리며 때로는 땅에 코를 대고 킁킁거리면서 냄새를 맡기도 했다. 그의 꼬리가 굳어졌다가 좌우로 떨리고 있었는데, 이것은 강렬한 정신 활동을 표시하는 증거였다. 그는 갑자기 결심이라도 한 듯 멈추어 섰다.

"동지 여러분! 이렇게 된 것이 누구의 책임인지 알겠습니까? 밤중에 들어와서 우리들의 풍차를 무너뜨린 적을 여러분은 알고 있습니까? 스노우볼입니다!" 그는 조용히 말했다. 그리고 갑자기 벼락같이 소리쳤다.

"스노우볼이 이 짓을 한 겁니다! 완전히 악의적으로 우리들의 계획을 뒤엎고 이곳에서 쫓겨난 분풀이로 이 배반자는 야간을 틈타 이곳에 살짝 숨어 들어와 거의 1년에 걸친 우리들의 공사를 파괴시킨 것입니다. 동지 여러분, 나는 이 자리에서 스노우볼에게

사형을 선고합니다. 그에게 이런 형벌을 내리는 이에
게는 '제2급 동물 영웅' 훈장을 수여하고 반 부셸의
사과를 상으로 주겠습니다. 그를 생포하는 자에게는
   1부셸을 주겠습니다!"

　동물들은 스노우볼조차 이런 행위로 죄를 저지를
수 있다는 것을 알고 말로 표현할 수 없는 충격을
받았다. 격분의 소리를 지르며 각자는 만일 스노우
볼이 돌아온다면 어떻게 해서 그를 잡을 것인지 생
각하기 시작했다. 거의 동시에 한 마리의 돼지 발자
국이 조그마한 산에서 약간 떨어진 풀밭에서 발견되
었다. 그 발자국은 몇 야드밖에 나 있지 않았지만
울타리 구멍으로 통하고 있는 것같이 보였다. 나폴
레옹은 그 발자국 냄새를 열심히 맡아 보고 그것이
스노우볼의 것이라고 표명했다. 그는 스노우볼이 폭
스우드 농장 쪽에서 온 것이 분명하다는 의견을 표
명했다.

　"동지 여러분, 더 이상 우물쭈물하지 맙시다! 할
일이 있습니다. 바로 오늘 아침부터 풍차 재건에 착
수하지 않으면 안 됩니다. 그리고 비가 오거나 날씨
가 개거나 겨우내 건축을 진행시키는 겁니다. 이 파
렴치한 배신자에게 우리들의 일이 그렇게 쉽사리 무
너질 수 없다는 것을 가르쳐 줍시다. 동지 여러분,
우리들의 계획에는 절대로 변경이 있을 수 없다는 것
을 상기합시다. 예정대로 실천하는 겁니다. 동지 여

러분, 전진합시다! 풍차 만세! '동물농장' 만세!"
　나폴레옹은 발자국을 조사해 보고 나서 외쳤다.

7

무척 추운 겨울이었다. 폭풍우가 몰아치던 날씨가 진눈깨비와 눈으로 바뀌더니 된서리가 내리고 얼어붙어 2월이 다 갈 때까지 좀처럼 녹지 않았다. 동물들은 온 힘을 기울여 풍차 재건에 힘썼다. 외부 세계가 자기들을 주시하고 있으며, 자기들을 질투하고 있는 인간들이 풍차가 제때에 준공되지 않으면 개가를 울리며 즐거워하리라는 것을 그들은 너무나 잘 알고 있었기 때문이었다.

악의에 찬 사람들은 풍차를 파기한 자가 스노우볼임을 알고 있으면서도 벽이 너무 얇아서 무너진 것이라고 말했다. 동물들은 이 말을 그대로 받아들이지 않았다. 그렇지만 그들은 이번에는 벽 두께를 전처럼 18인치가 아니라 3피트로 두껍게 쌓기로 결정했기 때문에 전보다 훨씬 많은 석재를 모아야 했다. 채석장에는 오랫동안 눈이 잔뜩 쌓여 있어 아무것도 손을 댈 수가 없었다. 그 후 서리가 내린 건조한 날씨에 약간의 진전이 있었지만, 이것은 너무 힘이 드는 일이었다. 그래서 동물들은 전과같이 작업에 대해서 희망을 가질 수가 없었다. 그들은 항상 추웠고, 게다가 언제나 배가 고팠다. 복서와 클로버만이 낙심하지 않았다. 스퀄러는 봉사의 즐거움과 노동의 신성함에 대해서 훌륭한 연설을 했다. 그렇지만 다른 동물들은 이것보다도 복서의 힘과 그의 변함 없는 '더 열심히 일하자'의 외침에서 더욱더 격려를 받았다.

정월에는 식량이 부족했다. 옥수수 배급량은 줄어들었고 그것을 보충하기 위해 감자를 더 배급할 것이라는 발표가 있었다. 그러나 감자의 대부분이 흙과 짚더미로 충분히 덮여 있지 못했기 때문에 서리를 맞아 얼어 버린 것을 알게 되었다. 감자는 물컹물컹해지고 색깔이 변질되었으므로 조금밖에 먹을 수가 없었다. 동물들은 어떤 때는 며칠 동안 여물과 당상치만 먹었다. 굶주림에 허덕여야만 할 것 같았다.

이런 사실을 외부 세계로부터 감추는 것이 절대적으로 필요했다. 인간들은 풍차의 붕괴로 용기를 얻어 '동물농장'에 대해 새로운 거짓말을 만들어 냈다. 동물들은 전부 굶주림과 병에 걸려 다 죽어 가고 있으며 끊임없이 자기들끼리 싸우고 서로 잡아먹고 새끼들을 죽인다는 소문이 다시 한 번 떠돌았다. 나폴레옹은 식량 사정의 진상이 밝혀지면 나쁜 결과가 초래하리라는 것을 잘 알고 있었다. 그래서 그는 정반대의 인상을 퍼뜨리기 위해서 윔퍼 씨를 이용하기로 결심했다. 이제까지 동물들은 매주 찾아오는 윔퍼 씨와 거의, 아니 전혀 접촉이 없었다. 그러나 지금은 대부분 양들로 구성된, 몇몇 선발된 동물들이 그가 듣는 앞에서 아주 자연스럽게 식량 배급이 늘어났다는 말을 하라는 지시를 받았다. 게다가 나폴레옹은 저장 창고의 거의 다 비어 있는 식량 상자들을 모래로 가득 채우고 그 위를 남은 곡식과 밀기울로 덮게 했다. 어떤 적당한 구실을 만들어 윔퍼를 저장 창고로 안내해서 식량 상자를 슬쩍 보게 했다. 그는 이렇게 속아서, '동물농장'에는 절대로 식량이 부족하지 않다는 것을 외부 세상에 계속해서 알렸다.

그럼에도 불구하고 정월이 다 지나갈 무렵, 어디서라도 곡식을 구해 와야만 했다. 요즈음 나폴레옹은 거의 동물들 앞에 나타나지 않고 농장 집 안에서 시간을 보냈으며 집 주위의 각 문에서 사납게 보이는 개들이 감시하고 있었다. 그가 외출할 때는 의식을 갖추어 개 여섯 마리가 호위를 했으며 이들이 그의 신변을 둘러싸고 가까이 접근하려는 자가 있으면 으르렁거렸다. 그는 가끔 일요일 아침에도 모습을 나타내지 않았고 명령은 다른 돼지, 통례로는 스퀼러를 통해서 전달했다.

어느 일요일 아침, 스퀼러는 이제 막 알을 낳기 시작한 암탉들에게 달걀을 바치라고 명령했다. 나폴레옹은 윔퍼를 통해 매주 4백 개의 달걀을 팔겠다는 계약을 맺었다. 그 달걀을 판 돈으로 여름이 와서 사정이 호전될 때까지 농장을 운영하는 데 충분할 만큼의 곡식과 밀기울을 사겠다는 것이었다.

암탉들은 이 말을 듣고 무서운 비명을 질렀다. 그들은 일찍부터 이런 희생이 필요할지도 모른다고 통고받았지만 실제로 이렇게 되리라고는 믿지 않았기 때문이었다. 그들은 봄병아리를 까기 위해 요즈음 알을 한 배 품고 있었는데, 그 달걀들을 지금 가져간다는 것은 살육 행위라고 항의했다. 존스를 내쫓고 난 후 처음으로 반란 같은 사건이 일어났다. 세 마리의 검은 미노르카종(種) 젊은 암탉의 지휘로 암탉들은 나폴레옹의 요구를 좌절시키려고 단호한 노력을 했다. 그들의 방법은 서까래 위로 날아가서 알을 낳고 바닥에 떨어뜨려 깨뜨리는 일이었다.

나폴레옹은 신속하게 무자비한 조치를 내렸다. 그는 암탉들의 먹이 배급을 중지하라고 명령했고 한 알의 옥수수라도 암탉에게 주는 자는 사형에 처한다고 엄포를 놓았다. 개들은 이 명령이 준수되도록 감시했다. 암탉들은 닷새 동안 버텨 나갔지만 드디어 항복하고 닭장으로 돌아왔다. 그 동안 암탉 아홉 마리가 죽었다. 그들의 시체는 과수원에 묻었고 기생충 병으로 죽었다고 발표되었다. 윔퍼는 이 사건에 대해서 아무것도 몰랐고 식료 잡화상의 마차가 1주일에 한 번씩 농장에 와서 달걀을 약속대로 가지고 갔다.

이러는 동안에도 스노우볼의 모습은 보이지 않았다. 그는 폭스우드나 핀치필드에 숨어 있다는 소문이 나돌았다. 나폴레옹은 이즈음 다른 농장주들과 전보다 약간 사이가 좋아졌다. 마침 마당에는 10년 전 녀도 밤나무 숲을 벌목할 때 쌓아 놓았던 재목들이 한 더미 있었다. 그것은 잘 건조되어 있었기 때문에 윔퍼는 나폴레옹에게 그것을 팔도록 권했다. 필킹톤 씨는 물론 프레드릭 씨도 그것을 사고 싶어했다. 나폴레옹은 어느 쪽에 팔 것인지를 결정짓지 못하고 우물쭈물하고 있었다. 그가 프레드릭과 계약을 맺으려 할 때는 언제나 스노우볼이 폭스우드 농장에 숨어 있다는 소문이 들렸고, 또 필킹톤 쪽으로 마음이 기울어질 때는 스노우볼이 핀치필드 농장에 숨어 있다는 풍문이 돌았다.

이른 봄에 갑자기 놀라운 일이 밝혀졌다. 스노우볼이 밤을 틈타서 은밀히 이 농장을 출입하고 있었다는 것이었다! 동물들은 너무 불안해서 자기들 우리 속에서 도무지 잠을 잘 수가 없었다. 소문에 의하면 그는 매일 밤 어둠을 틈타 몰래 들어와서 온갖 나쁜 짓을 다 한다는 것이었다. 그는 옥수수를 훔치고 우유통을 뒤엎으며 달걀을 깨고 묘목을 짓밟으며 과일나무 껍질을 벗겨 놓는다는 것이었다. 그렇기 때문에 그들은 무엇인가 좋지 않은 일이 생기게 되면 무조건 스노우볼의 탓으로 돌리게 되었다. 창문이 깨지거나 배수구가 막혀도 누군가가 어김없이 스노우볼이 밤에 와서 그렇게 했다고 말했고 식량 저장 창고의 열쇠가 분실되어도 농장 전체는 스노우볼이 그것을 우물 속에 던져 버린 것이라고 믿었다. 아주 이상스럽게도 잃었다던 열쇠를 밀기울 부대 밑에서 찾아냈을 때조차도 그들은 그렇게 믿었다. 암소들은 스노우볼이 그들의 우리 속으로 몰래 들어와서 그들이 잠자고 있는 사이에 우유를 짜 갔다고 한결같이 입을 모아 주장했다. 그해 겨울 동안 두통거리였던 쥐들이 스노우볼과 한패라는 말도 있었다.

나폴레옹은 스노우볼의 활동을 철저하게 조사하라고 명령했다. 그는 개들을 거느리고 농장 건물들을 샅샅이 뒤졌으며 다른 동물들은 정중하게 거리를 두고 그 뒤를 따랐다.

나폴레옹은 두서너 발자국 걷다가는 걸음을 멈추고 스노우볼의 발자취를 더듬기 위해서 땅에 코를 대고 킁킁거렸다. 그는 냄새로 확인할 수 있다고 말했다. 그리고 구석구석에서, 창고에서, 외양간에서, 닭장에서, 채소밭에서 냄새를 맡느라고 킁킁거렸고 어느 구석에서나 스노우볼의 흔적을 찾아냈다. 그는 코를 땅에 대고 몇 번 냄새를 깊이 맡은 다음 무시무시한 목소리로 소리쳤다.

"스노우볼이다! 그놈이 여기 왔었어! 분명히 냄새가 나는군!"

그리고 그 '스노우볼'이라는 말이 나올 때마다 개들은 오싹오싹 찬기가 도는 듯한 부르짖음으로 이빨을 드러내어 보이는 것이었다.

동물들은 부들부들 떨었다. 스노우볼이 마치 눈에 보이지 않는 감응력과 같이 주위의 공기 속으로 퍼져 온갖 위험을 안고 그들을 위협하는 것처럼 생각되었다. 저녁때 스퀼러는 그들을 한자리에 모아 놓고 경악스러운 표정을 지으며 모종의 중대한 보도를 전한다고 했다.

"동지 여러분, 아주 무서운 일이 발견되었습니다. 스노우볼은 핀치필드 농장의 프레드릭에게 자기 몸을 팔았고 그 프레드릭과 호시탐탐 우리들을 공격해서 우리들의 농장을 빼앗으려 기도하고 있습니다! 스노우볼은 공격이 시작되면 안내역을 맡는다는 겁니다. 그러나 그보다 더 악랄한 일이 있습니다. 스노우볼의 배신은 그의 허영과 야심 때문이었다고 우리는 생각했습니다. 그러나 그것은 잘못된 생각이었습니다. 동지 여러분, 진짜 이유가 무엇이었는지를 여러분은 알고 있습니까? 스노우볼은 처음부터 존스와 공모하고 있었던 겁니다! 그는 늘 존스의 비밀 첩자였던 것입니다. 그런 사실이 우리가 지금 발견한, 그가 두고 간 서류에 의해 증명됐습니다. 동지 여러분, 이

것으로 여러 가지 사실이 증명되었다고 생각합니다. 그가 저 '우사 전투'에서 우리들에게 패배와 파멸을 안겨 주려고 한 것을 우리들 스스로가 목격하지 않았습니까?——다행히 그의 계획은 수포로 돌아갔지만 말입니다."

스퀼러는 약간 신경질적으로 껑충껑충 뛰면서 외쳤다.

동물들은 아연 실색했다. 이것은 스노우볼이 풍차를 파괴한 것보다 훨씬 더 악랄한 계략이었다. 그러나 한참 동안 그들은 이 말을 이해하지 못했다. 그들은 스노우볼이 '우사 전투'에서 선두에 나아가 공격했고 전세가 변할 때마다 군세를 잘 정비하고 고무했으며 존스가 쏜 총탄이 그의 등에 상처를 냈을 때조차 한 순간도 놓치지 않고 싸웠던 그를 지금도 역력히 기억하고 있었다. 처음에는 이런 일이 어째서 그가 존스 편이 되었다는 사실과 일치하는지 이해하기가 자못 어려웠다. 거의 의심을 하지 않는 복서조차 당황해 버리고 말았다. 그는 앞발굽을 꿇고 앉아 눈을 감고 열심히 자기의 생각을 정리하려고 애를 썼다.

"난 그런 일을 믿을 수가 없습니다. 스노우볼은 '우사 전투'에서 용감하게 싸웠습니다. 나 자신이 직접 보았습니다. 그 후 곧 우리들은 '제1급 동물 영웅' 훈장을 그에게 수여하지 않았습니까?" 그가 말했다.

"동지, 그것이 바로 우리들의 잘못이었습니다. 그것을 이제 와서 알게 된 겁니다——우리들이 발견한 비밀 문서에 다 기록되어 있습니다——사실은 그는 우리들을 파멸로 이끌려고 했던 겁니다."

"하지만 그는 부상을 당했습니다. 우리 모두 그가 피를 흘리는 것을 보았으니까요." 복서가 말했다.

"그것도 한 가지 수단에 불과한 것이었습니다!"

스퀼러는 큰소리로 외쳤고 이리저리 뛰면서 이렇게 말했다.

"존스의 총알은 그저 그를 스쳐 갔을 뿐이었습니다. 이건 그 자신이 손수 쓴 것이니까 당신들이 읽을 수만 있다면 직접 보여 줄 수도 있습니다. 그 음모란 위기가 닥쳐왔을 때 스노우볼이 도망가라는 신호를 하고 적에게 진지를 넘겨 주도록 하는 것이었습니다. 그리고 자칫하면 그렇게 될 뻔했습니다——동지 여러분, 우리들의 영웅적인 지도자, 나폴레옹 동지가 없었더라면 그는 성공했을 것이라고 믿고 싶습니다. 마침 존스와 일꾼들이 마당으로 들어섰을 때 스노우볼이 돌연 돌아서서 도망갔고 많은 동물들이 그 뒤를 쫓아갔던 것을 여러분들은 기억하고 있지 않습니까? 그리고 또 허둥지둥하며 모든 것이 끝장났다고 생각하는 바로 그 순간에 나폴레옹 동지가 '인간 타도!'라고 외치며 뛰쳐나와 존스의 다리를 이빨로 물어뜯었던 것도 여러분은 기억하고 있지 않습니까? 동지 여러분, 분명히 그것을 기억하고 있겠지요?"

스퀼러가 너무도 생생하게 그때의 장면을 설명하자 동물들은 전투의 위기에서 스노우볼이 돌아서서 도망갔던 것을 기억했다. 그러나 복서는 뭔가 아직도 다소 불안해했다.

"난 스노우볼이 처음부터 배반자였다고는 믿지 않습니다. 그가 나중에 한 일은 별개란 말입니다. 그렇지만 '우사 전투'에서 그는 훌륭한 동지였다고 난 생각합니다." 그는 마침내 말했다.

"우리의 지도자 나폴레옹 동지는 스노우볼이 처음부터——그러니까 반란을 구상하기 훨씬 전부터 존스의 첩자였다고 언명했습니다."

스퀼러는 아주 자신 있게 천천히 말했다.

"아, 그렇다면 이야기는 다릅니다! 나폴레옹 동지가 그렇게 말했다면 그게 옳을 겁니다." 복서는 말했다.

"동지, 그것이 참된 생각입니다!"

스퀼러가 외쳤다. 그러나 그는 번뜩이는 작은 눈으로 복서에게 무서운 표정을 지었다. 그는 돌아서서 가다가 걸음을 멈추고 감명 깊게 부언해서 말했다.

"경고하건대 이 농장의 모든 동물들은 눈을 크게 뜨고 있어야 합니다. 스노우볼의 비밀 첩자가 지금

현재도 우리들 사이에 숨어 있다고 생각할 만한 증거
가 있기 때문입니다!"

　그로부터 나흘이 지난 늦은 오후에 나폴레옹은 동
물들에게 모두 마당으로 모이라고 명령했다. 동물들
이 집합하자 나폴레옹은 두 개의 훈장을 달고(그는
최근에 자칭 '제1급 동물 영웅' 훈장과 '제2급 동물
영웅' 훈장을 달았다) 농장 집에서 나타났다. 그리고
커다란 개 아홉 마리가 그의 신변을 호위하며 이리저
리 뛰어다니면서 모든 동물들의 등골이 오싹하도록
으르렁거렸다. 동물들은 각각 자기 자리에 쪼그리고
앉아서 무언가 무서운 일이 일어나리라는 것을 미리
알고 있는 것 같았다.

　나폴레옹은 우뚝 서서 일동을 둘러보고 나서 날카
롭게 소리를 질렀다. 개들은 즉시 앞으로 뛰쳐나와
돼지 네 마리의 귀를 물고 고통과 공포로 울부짖
는 그들을 나폴레옹의 발밑까지 끌고 왔다. 돼지들
의 귀에서는 피가 흘렀다. 개들은 그 피맛을 보고
얼마 동안은 아주 미친 것같이 보였다. 개 세 마리
가 복서에게 덤벼들었기 때문에 모두들 깜짝 놀랐
다. 복서는 그들이 덤벼드는 것을 잡아채어 땅바닥
에 짓눌렀다. 그 개는 살려 달라고 비명을 질렀고
다른 두 마리는 꼬리를 다리 사이로 끼우고 도망쳤
다. 복서는 이 개를 짓밟아 죽여 버릴 것인가, 아니
면 살려 줄 것인가 하고 나폴레옹의 표정을 살펴보

았다. 나폴레옹은 안색이 좋지 않았다. 그는 엄하게 개들을 살려 주라고 명령했다. 그래서 복서는 발굽을 쳐들었다. 그러자 타박상을 입은 개는 낑낑거리면서 도망쳤다.

곧 소란이 가라앉았다. 네 마리의 돼지들은 부들부들 떨면서 기다리고 있었는데, 얼굴에는 죄를 짓고 있는 듯한 표정이 생생하게 나타나 있었다. 나폴레옹은 그들에게 범행을 자백하라고 명령했다.

그들은 나폴레옹이 '일요 회의'를 폐지했을 때, 항의한 네 마리의 돼지들이었다. 그들은 그 이상의 행동을 재촉하지 않았지만 스노우볼을 추방한 이래 스노우볼과 비밀리에 접촉해 왔으며 그에게 가담해서 풍차를 파괴했고 '동물농장'을 프레드릭 씨에게 넘겨주기로 이미 그와 협정을 맺었다고 자백했다. 그리고 스노우볼이 지금까지 수년 동안 존스의 비밀 첩자였음을 그들에게 슬며시 인정했다는 말을 부언했다.

그들이 자백을 마치자 개들은 잽싸게 그들의 목을 물어뜯었고 나폴레옹은 무시무시한 목소리로 다른 동물들에게 자백할 것이 없느냐고 물었다.

달걀 문제로 반란을 기도했던 주모자 암탉 세 마리가 앞으로 나와, 꿈에 스노우볼이 나타나서 나폴레옹의 명령에 따르지 말 것을 선동했다고 진술했다.

그들은 학살당했다. 그 다음 거위 한 마리가 나와 지난 해 수확기에 옥수수 여섯 알을 숨겨 두었다가

밤에 몰래 먹었다고 자백했다. 그리고 양은 음료용 우물에 오줌을 누었다고 자백했다——이것은 스노우볼의 선동에 의한 것이었다고 양은 말했다. 다른 두 마리 양은 나폴레옹의 특별 숭배자, 늙은 수양이 기침으로 고생하고 있을 때 모닥불 주위로 빙글빙글 몰아넣어서 죽여 버렸다고 했다. 그들은 전부 그 자리에서 처형되었다.

이와 같이 자백과 처형은 계속되었고 드디어 나폴레옹의 발밑에는 시체가 산더미같이 쌓였고 피비린내 나는 냄새가 사방에 퍼져 있었다. 이것은 존스가 추방된 이래 한 번도 없었던 일이었다.

모든 일이 끝나자 돼지들과 개들을 제외한 나머지 동물들은 모두 한덩이가 되어 슬금슬금 빠져 나갔다. 그들은 몸을 떨며 침통해 있었다. 스노우볼과 공모한 동물들의 배신과 지금 목격한 잔인한 복수 중 어느 쪽이 더 큰 충격인지 그들은 알지 못했다.

전에도 이와 비슷한 유혈 사건을 때때로 본 적이 있었지만 이번에는 그것이 같은 동지들 사이에서 일어났기 때문에 한층 더 참혹한 것같이 모두에게 느껴졌다.

존스가 농장에서 추방당한 후 오늘날까지 어떤 동물도 동물을 죽인 적이 없었다. 쥐 한 마리도 죽인 적이 없었다.

그들은 반쯤 완성된 풍차가 있는 작은 산으로 가서

마치 몸을 덥히기 위해 한무리가 되어 있는 것처럼 다들 한덩어리가 되어 누웠다——클로버, 뮤리엘, 벤자민, 암소들, 양들 그리고 거위와 암탉들 전체 무리들——정말로 고양이를 제외한 전원이었다. 고양이는 나폴레옹이 동물들에게 집합하라고 명령하기 직전에 돌연 자취를 감추었던 것이다.

얼마 동안 아무도 입을 열지 않았다. 복서만이 혼자 서 있었다. 그는 분주하게 왔다갔다하며 길다란 검은 꼬리로 옆구리를 탁탁 치며 가끔 놀란 듯이 낮은 한숨을 내쉬었다. 그러다가 마침내 그가 말했다.

"나는 아무래도 이해할 수가 없습니다. 이런 일이 우리들 농장에서 일어나다니 도대체 믿을 수가 없습니다. 이런 일은 우리들 자신에게 어딘가 결함이 있기 때문일 겁니다. 내가 보기에는 해결책이란 좀더 열심히 일하는 것이라고 생각합니다. 이제부터 나는 아침에 한 시간 더 일찍 일어나기로 하겠습니다."

그리고 나서 그는 육중하고 빠른 걸음으로 채석장에 갔다. 그곳에 도착해서 돌을 두 짐 계속 모아 잠자리에 들기 전 풍차가 있는 곳으로 끌고 내려왔다.

동물들은 아무 말도 하지 않고 클로버 주위로 모여들었다. 그들이 누워 있는 작은 산에서는 가까운 마을을 훤히 바라볼 수가 있었다. '동물농장'은 대부분 다 시야에 들어왔다——한길까지 쭉 뻗어 있는 긴 목장, 건초밭, 작은 숲, 물 마시는 우물, 어린 밀싹

들이 자라 있는 밭, 굴뚝에서 연기가 뭉게뭉게 나는 농장 건물의 붉은 지붕들이 보였다.

때는 맑게 갠 봄날 저녁이었다. 풀과 싹이 돋아나고 있는 생울타리는 저녁 햇살을 받아 황금빛으로 빛나고 있었다. 이 농장이 동물들에게 지금처럼 멋있게 보인 적은 없었다. 그리고 이것이 그들 자신의 농장이고 구석구석까지도 그들 자신의 소유라는 것을 생각하자 일종의 경이감이 생겼다.

클로버가 언덕의 비탈을 내려다보았을 때, 그녀의 눈에는 눈물이 가득 찼다. 만일 그녀가 자기의 생각을 말할 수가 있었다면 그들이 수년 전에 인간을 멸망시키려고 가담했을 때 목표했던 것은 결코 이런 것이 아니었다는 말이었을 것이다. 이와 같은 공포와 학살의 장면은 메이저 영감이 처음 그들에게 반란을 선동했던 그날 밤 그들이 예상했던 것이 아니었다. 만일 클로버에게 미래의 꿈이 있다면 그것은 동물들이 굶주림과 매질로부터 해방되고 모두가 평등하며 각자 능력껏 일하고, 마치 메이저가 연설하던 날 밤 자기가 앞다리로 어미 없는 새끼 오리들을 감싸 준 것같이 강자가 약자를 보호해 주는 그런 동물들의 사회였다. 그런데 그와는 반대로, 왜 그렇게 되었는지는 모르지만 누구나 다 자기의 속마음을 말하지 못하며, 사납게 으르렁거리는 개들이 사방으로 마구 돌아다니고 동물들이 충격적인 범죄를 자백한 후 갈기갈기 찢겨 죽는 참상을 목격해야 하는 그런 때를 만나게 된 것이다. 클로버의 마음속에는 반란이나 불복종을 할 생각은 없었다. 설사 사태가 이렇게 되었을지라도 존스 시대보다는 훨씬 좋고 무엇보다도 인간들의 복귀를 막을 필요가 있다는 것을 잘 알고 있었다. 어떤 일이 일어나든지 간에 그녀는 충절을 지킬 것이며 열심히 일하고 주어진 명령에 잘 따르며 나폴레옹의 지도를 받아들일 것이다.

그러나 그녀와 다른 동물들이 희망을 품고 부지런히 일한 것은 이런 일을 위해서 한 것은 아니었다. 그들이 풍차를 건설하고 존스의 총탄에 반항한 것은 결코 이렇게 되기 위해서 한 것은 아니었다. 그녀의 생각을 적절하게 표현할 말은 없었지만 그녀의 내심은 대강 이런 것이었다.

마침내 그녀는 말로 표현할 수 없는 대신에 그와 같은 마음을 달래려는 듯 '영국의 가축들'을 부르기 시작했다. 그녀의 주위에 앉아 있던 다른 동물들도 그 노래에 맞추어 세 번이나 반복해서 불렀다──여태까지 불러 본 적이 없던 것처럼 매우 음악적으로, 그러나 아주 천천히 구성지게 불렀다.

그들이 막 세 번째 노래를 불렀을 때, 스퀼러가 개 두 마리를 데리고 무언가 중대 발표라도 있는 듯이 다가왔다. 그는 나폴레옹 동지의 특별 지시에 따라 '영국의 가축들'이 폐지되었다고 말했다. 이제부터

이 노래를 금지한다는 것이었다. 동물들은 아연 실색했다.

"왜 그러는 겁니까?" 뮤리엘이 소리쳤다.

"동지, 그건 이제 필요가 없습니다. '영국의 가축들'은 반란의 노래였습니다. 그러나 반란은 이제 끝났습니다. 오늘 오후의 반역자 처형이 그 마지막 행동이었습니다. 이제 안팎의 적들은 모두 패배하고 말았습니다. '영국의 가축들'에서 우리들은 장차 좋은 사회에 대한 염원을 표현했던 겁니다. 그러나 그 사회가 이제 건설되었습니다. 이 노래는 분명히 이제 아무런 의의도 없어진 겁니다."

스킬러는 딱딱하게 말했다.

그들은 비록 두려워하고 있었지만 몇몇 동물들은 항의를 해야 속이 풀릴 모양이었다. 그러나 그 순간 양들은 여느 때처럼 외쳤다.

"네 다리는 좋고 두 다리는 나쁘다."

이 소리가 몇 분 계속되고 나서 토론은 끝나고 말았다.

그래서 '영국의 가축들'은 그 후 들을 수 없게 되었다. 그 대신 시인 미니머스가 다른 노래를 지었다. 그것은 다음과 같이 시작되었다.

동물농장, 동물농장,
그대들을 우리가 지켜 주리라!

이 노래를 일요일 아침마다 기를 게양하고 나서 불렀다. 그러나 그 가사나 곡조는 아무래도 '영국의 가축들'에는 도저히 따라 갈 수 없을 것 같이 동물들에게 느껴졌다.

8

그로부터 며칠 후, 처형으로 인해 조성된 공포 분위기가 차차 사라져 가고 있을 때 몇몇 동물들은 제6계명 '어떤 동물도 다른 동물을 죽여서는 안 된다'를 기억했다——아니, 그렇게 생각하고 있었다. 그리고 누구도 돼지나 개들이 듣는 앞에서 그것을 입 밖에 내려고 하지는 않았지만 앞서 일어났던 처형 사건은 이 계명에 어긋난다고 생각했다.

클로버는 벤자민에세 제6계명을 읽어 달라고 했지만 벤자민은 늘 그랬던 것처럼 그런 일에 관여하고 싶지 않다고 거절했다. 그래서 클로버는 뮤리엘을 데리고 왔다. 뮤리엘은 그녀에게 그 계명을 읽어 주었다. 거기에는 '어떤 동물도 이유 없이 다른 동물을 죽여서는 안 된다'라고 쓰여 있었다. 어떻게 된 셈인지 '이유 없이'라는 말은 동물들의 기억에서 사라져 있었다. 그러나 그들은 그 계명이 위반된 일이 없었다는 것을 이제 깨달았다. 분명히 스노우볼과 공모한 반역자들을 죽이는 데는 충분한 이유가 있었기 때문이었다.

그 한 해 동안 동물들은 지난 해보다 더욱 열심히 일을 했다. 전보다 두 배나 더 두꺼운 벽으로 된 풍차를 건설해서 예정된 날짜에 끝내고 정규 농장일도 병행해서 함께 일한다는 것은 무척 힘드는 일이었다.

동물들은 존스 시대보다 더 오랫동안 일했고, 게다가 음식도 그 당시보다 더 나아진 것이 없다고 생각될 때도 있었다.

일요일 아침이면 스퀄러는 기다란 종이 두루마리를 앞발로 들고 각종 식량 생산이 경우에 따라서 2백 퍼센트, 3백 퍼센트 혹은 5백 퍼센트 증가했다는 것을 증명해 주는 통계표를 낭독했다. 동물들은 특히 반란 전의 생활 상태가 어땠는지를 뚜렷하게 기억하지 못하고 있었기 때문에 스퀄러의 말을 믿지 않을 수 없었다. 아무래도 좋으니까 숫자는 줄더라도 식량만 더 늘여 주었으면 좋겠다고 생각될 때도 있었다.

모든 명령들은 이제 스퀄러나 다른 돼지의 입을 통해서 내려졌다. 나폴레옹은 두 주일에 한 번 정도도 대중 앞에 나타나지 않았다. 그는 어쩌다가 나타날 때는 개뿐만 아니라 검은 수탉을 수행원으로 데리고 다녔는데, 이 수탉은 그의 앞에서 행진을 했고 나팔수와 같은 역할을 하며 나폴레옹이 연설하기 전에 소리 높여 '꼬끼오' 하고 울어대는 것이었다.

나폴레옹은 농장 집에서조차 다른 동물들과는 별개의 방을 쓰고 있다는 소문이 나돌았다. 그는 개 두 마리의 시중을 받으면서 혼자 식사를 하고 응접실의 장식장에 들어 있던 크라운 더비제(製) 정찬용 식기로 언제나 식사를 한다는 것이었다. 해마다 나폴레옹의 생일에는 다른 두 기념일과 마찬가지로 축포를 쏘겠다는 것도 발표되었다.

나폴레옹은 이제 그냥 '나폴레옹'이라고 불리지 않았다. 그는 언제나 공식적으로 '우리들의 지도자 나폴레옹 동지'라고 불리었으며 돼지들은 그에게 '모든 동물들의 아버지' '인류의 공포' '양 떼들의 수호자' '오리들의 친구' 등등의 명칭을 만들어 붙이기를 좋아했다.

스퀼러는 그의 연설에서 볼에 눈물을 흘리며 나폴레옹의 지혜와 그의 따뜻한 마음씨와 여기저기 흩어져 있는 동물들, 특히 다른 농장에서 무지와 노예 상태로 생활하고 있는 불행한 동물들에게 품고 있는 그의 깊은 사랑을 말하는 것이었다.

모든 훌륭한 업적과 모든 행운은 나폴레옹의 공로로 돌려지는 것이 상례로 되었다.

암탉 한 마리가 다른 암탉에게 다음과 같이 말하는 것을 가끔 들을 수 있었다.

"우리의 지도자 나폴레옹 동지의 지도로 나는 엿새 동안 달걀 다섯 개를 낳았어."

또는 암소 두 마리가 우물에서 물을 마시면서 이렇게 외쳤다.

"나폴레옹 동지의 영도력 덕분에 이와같이 맛있는 물을 먹을 수가 있는 거야!"

전반적인 농장 분위기는 미니머스가 작곡한 '나폴레옹 동지'라는 시(詩)에 잘 나타나 있었다. 그 시는 다음과 같았다.

아버지 없는 이들의 친구!
행복의 샘!
여물통의 주(主)여! 아, 내 영혼은 하늘의 영혼처럼
그대의 조용하고 위엄 있는
눈을 바라볼 때
불타오르나니,
나폴레옹 동지여!

그대 모든 동물들이 사랑하는
그 모든 것을 주는 이여,
하루에 두 번 배불리고 깨끗한 짚더미에 잠자리를 제
공하니
크나 작으나 모든 동물들은
편안히 그들 우리 속에서 잔다.
그대 모든 것을 돌봐 주시니,
나폴레옹 동지여!

내가 젖먹이 새끼 돼지를 낳으면

대두병이나 국수방망이만큼
크게 자라기 전에
그대에게 충성을 다할 것을
가르칠 것이니
그렇다, 그가 제일 먼저 외칠 소리는
'나폴레옹 동지여!'

나폴레옹은 이 시를 만족스럽게 생각하고 '칠계명'
맞은편 끝, 큰 창고의 벽에 써 놓게 했다. 그 위에
스퀼러가 흰 페인트로 그린 나폴레옹의 옆얼굴 초상
화가 걸려 있었다.

그러면서도 한편 나폴레옹은 윔퍼를 통해서 프레드
릭과 필킹톤을 상대로 복잡한 협상을 벌이고 있었다.

산더미처럼 쌓여 있는 재목은 아직도 팔리지 않았
다. 두 사람 중에 프레드릭이 그것을 사려고 더 열심
이었지만 합당한 가격을 주려 하지 않았다.

그와 동시에 프레드릭과 그의 일꾼들이 '동물농장'
을 습격해서 풍차를 파괴시키려 한다는 소문이 다시
나돌기 시작했다. 말하자면 풍차 건물이 그들에게 대
단한 질투심을 불러일으키고 있다는 것이었다. 스노
우볼은 여전히 핀치필드 농장에 숨어 있는 것으로 알
려졌다.

한여름에 동물들은 암탉 세 마리가 자진 출두해서
스노우볼의 선동으로 나폴레옹 살해의 음모에 가담

한 일이 있었다고 자백했다는 이야기를 듣고 깜짝 놀랐다.

그 암탉들은 당장에 처형되었고 나폴레옹의 안전을 위한 새로운 경계 조치가 취해졌다. 개 네 마리가 매일 밤 그의 침대 네 구석을 하나씩 맡아 경계하게 되었고 핑크아이라는 어린 돼지는 나폴레옹의 식사에 독물이 들어 있나 없나를 경계하기 위해서 그가 먹기 전에 먼저 시식하는 역할을 맡았다.

바로 이때, 나폴레옹이 재목 더미를 필킹톤 씨에게 팔기로 결정했다는 소문이 나돌았다. 또 그는 '동물농장'과 폭스우드 농장 간의 어떤 생산물 교환의 정규 계약을 하려 하고 있었다.

나폴레옹과 필킹톤 사이의 관계는 비록 윔퍼를 통해서 이루어지기는 했지만 지금은 아주 우호적이었다. 동물들은 필킹톤을 인간이란 이유로 신용하고 있지는 않았지만 프레드릭보다는 좋아했다. 왜냐하면 프레드릭은 그들이 두려워하고 미워하는 존재였기 때문이었다.

여름이 지나고 풍차가 거의 완성 단계에 이르자 반역자들의 공격이 임박해졌다는 소문이 더욱 강력하게 나돌기 시작했다.

항간의 소문에 의하면 프레드릭은 총으로 무장한 20명의 남자들을 거느리고 올 계획이며 치안 판사들이나 경찰을 이미 매수해 놓았기 때문에, 만일 그가

'동물농장'의 부동산 권리 증서를 수중에 넣기만 하면 치안 판사나 경찰은 문제삼지 않으리라는 것이었다. 더욱이 프레드릭이 자신의 동물들에게 가하고 있는 잔인한 행위에 대한 무시무시한 이야기가 핀치필드에서 흘러 나왔다. 프레드릭은 늙은 말을 때려 죽이고 암소를 굶겨 죽였으며 개를 시궁창에 내던져 죽였고 밤에는 수탉의 다리에 면도날 조각을 묶어 닭싸움을 시켜 즐거움을 맛보고 있다는 것이었다.

이런 만행이 그들의 동지들에게 저질러지고 있다는 이야기를 듣자 동물들은 전신의 피가 분노로 끓어올랐고 때로는 떼를 지어 핀치필드 농장을 습격해서 인간들을 내쫓고 동물들을 자유롭게 해방시켜 주자고 떠들어댔다. 그러나 스퀼러는 그들에게 경솔한 행동을 피하고 나폴레옹 동지의 전략을 믿으라고 충고했다.

그럼에도 불구하고 그들의 프레드릭에 대한 반감은 점점 고조되어 갔다.

어느 일요일 아침, 나폴레옹이 창고에 나타나 자기는 재목 더미를 프레드릭에게 매각할 생각은 한 번도 해 본 적이 없었다고 밝혔고 그런 뻔뻔스러운 인간과 거래하는 것은 자신의 체면을 손상시키는 일로 생각한다고 말했다.

지금도 여전히 농장 반란 소식을 퍼뜨리기 위해 여태까지 외부로 파견되어 왔던 비둘기들에게 폭스우드 농장에 발을 들여놓는 것이 금지되었고 '인간 타도'라는 이전의 주장을 집어치우고 '프레드릭 타도'로 바꾸도록 명령받았다.

늦은 여름에 스노우볼의 또 다른 음모가 폭로되었다. 밀밭에 잡초가 무성했는데, 이것은 스노우볼이 밤을 틈타 들어와서 밀씨에 잡초 씨를 섞어 놓았기 때문이라는 것이 밝혀졌다.

이 음모에 가담했던 수거위 한 마리가 스퀼러에게 범행을 자백하고 나서 곧 독이 있는 벨라도나를 먹고 자살했다.

동물들은 비로소 스노우볼이 '제1급 동물 영웅' 훈장을 절대로──실은 많은 동물들은 여태까지 그것을 받았다고 믿고 있었지만──받은 사실이 없다는 것을 알게 되었다. 이것은 결국 '우사 전투'가 있은 지 얼마 후 스노우볼 자신이 퍼뜨린 소문에 지나지 않았다. 훈장을 받기는커녕 그는 전투에서 비겁한 짓을 했기 때문에 오히려 견책을 받았다는 것이었다.

이런 이야기를 듣고 이번에도 몇몇 동물들은 새삼 놀랐지만 스퀼러는 동물들이 잘못 기억하고 있다고 곧 납득시킬 수가 있었다.

가을이 되자──곡식도 거의 동시에 거둬들여야 했기 때문에──전력을 다해서 풍차를 완공시켰다. 이제부터 기계를 설치해야 했으며 웜퍼는 그 구입을 교섭하고 있었지만 어쨌든 건물은 완성되었다. 모든 곤란과 무경험과 낡은 도구와 악운과 스노우볼의 반역에도 불구하고 이 작업은 예정일에 꼭 맞추어 완성된 것이었다.

동물들은 비록 지치기는 했지만 그래도 자랑스럽게 그들의 걸작품 주위를 맴돌았다. 그것은 그들의 눈에는 처음 지었던 것보다 훨씬 아름답게 보였다. 게다가 벽은 먼저 것보다 두 배나 두꺼웠다. 이번에는 폭발물이 아니고서는 그 건물을 무너뜨릴 수 없으리라! 그리고 그들이 얼마나 지독한 노력을 했고 그 좌절들을 어떻게 이겨 냈는지, 그리고 풍차 날개가 움직여 발전기가 가동되면 그들의 생활에 얼마나 커다란 변화가 일어날 것인지를 생각했을 때——그들은 이 모든 것을 생각했을 때 피로가 말끔히 가셨다. 그리고 개가를 올리면서 풍차 주위를 뛰어다녔다.

나폴레옹 자신도 개들과 수탉들을 거느리고 완성된 공사를 시찰하러 왔다. 그는 직접 동물들의 업적을 칭찬했고 이 풍차를 '나폴레옹 풍차'로 명명한다고 발표했다.

내일 프레드릭의 마차가 와서 그 재목을 실어 간다는 것이었다. 나폴레옹은 표면적으로는 필킹톤과 우호 관계를 유지하고 있는 동안에도 실제로는 프레드릭과 비밀로 협정을 맺고 있었던 것이었다.

폭스우드 농장과의 모든 관계는 중단되었다. 모욕적인 메시지가 필킹톤에게 전달되었다.

비둘기들은 핀치필드 농장을 피하고 그들의 목표를 '프레드릭 타도'에서 '필킹톤 타도'로 바꾸라고 명령을 받았다. 동시에 나폴레옹은 동물들에게 '동물농장'의 습격이 임박했다는 소문은 허위이며 프레드릭이 자기의 동물들에게 잔인하다는 이야기도 지나치게 과장된 것이라고 확인시켜 주었다. 이와 같은 소문들은 모두 아마 스노우볼과 그의 첩자들이 만들어 냈으리라는 것이었다. 어쨌든 스노우볼이 핀치필드 농장에 숨어 있지 않다는 것이 이제 밝혀졌다. 사실 한 번도 거기에 있은 적이 없다는 것이었다. 소문에 의하면 그는 폭스우드 농장에서 대단히 사치스러운 생활을 하고 있으며 실제로는 지난 수년 동안 필킹톤의 식객 노릇을 해 왔다는 것이었다.

돼지들은 나폴레옹의 계략에 넋을 잃고 있었다. 나폴레옹은 필킹톤과 사이가 좋은 듯이 보이면서 프레드릭에게 12파운드나 값을 올려 재목을 팔았다. 그러나 나폴레옹의 머리가 좋다는 것은 그가 아무도, 심지어는 프레드릭조차도 믿지 않는다는 사실에서 잘 나타난다고 스퀼러는 말했다. 프레드릭은 재목 값을 수표라는 것으로 지불하고 싶어했었다. 그것은 지불 약속이 쓰인 종이조각 같았다. 그러나 나폴레옹은 영리해서 그의 수단에 넘어가지 않았다. 그는 재목을 실어 가기 전에 진짜 5파운드짜리 지폐로 지불해 줄 것을 요구했던 것이다. 프레드릭은 이미 지불을 끝냈고 그 금액은 풍차에 설비할 기계를 구입하는 데 충분할 정도였다.

그 동안 재목은 신속히 짐마차에 실렸다. 재목이 다 실려 간 후 동물들은 프레드릭의 지폐를 점검하기 위해 창고에서 또 한 번의 특별 회합을 가졌다.

나폴레옹은 훈장 두 개를 달고 연단의 짚더미 위에 편안한 자세로 비스듬히 누워 흐뭇한 미소를 짓고 있었다. 그리고 돈은 농장 집의 부엌에서 가지고 온 사기 접시 위에 쌓아 나폴레옹 옆에 놓여 있었다.

동물들은 일렬로 서서 천천히 그 옆을 지나며 실컷 구경했다.

그리고 복서는 코를 들이대고 킁킁거리며 지폐 냄새를 맡았고 그의 숨결에 따라 엷디엷은 흰 종이가 바삭바삭 소리를 내며 흔들리고 있었다.

사흘 후 무서운 대소동이 일어났다. 윔퍼가 새파랗게 질린 얼굴로 자전거를 타고 샛길로 달려와서는 자전거를 마당에 내동댕이치곤 곧장 농장 집으로 뛰어들어왔다.

다음 순간 숨이 막힐 듯한 분노의 소리가 나폴레옹 방에서 들려 왔다. 이 사건 소식은 삽시간에 농장에 퍼졌다. 은행 지폐는 위조였던 것이다! 프레드릭은 재목을 공짜로 가져간 것이었다.

나폴레옹은 재빨리 동물들을 소집해서 무서운 목소리로 프레드릭에게 사형 선고를 내렸다.

프레드릭을 생포하게 되면 산 채로 삶아 죽여야 한다고 그는 말했다. 동시에 동물들에게 이런 배신 행위 다음에는 반드시 보복이 있을 것이라고 경고했다.

프레드릭과 그의 일꾼들이 언젠가는 장기전으로 예상되는 공격을 해 올지도 모를 일이었다. 농장으로 통하는 요소마다 보초를 세웠다. 그뿐만 아니라 비둘기 네 마리가 필킹톤과의 우호 관계를 다시 바라는 화해 메시지를 가지고 폭스우드 농장으로 파견되었다.

바로 그 다음날 아침 습격을 당했다. 동물들이 아침 식사를 들고 있을 때 파수꾼들이 뛰어 들어와서 프레드릭과 그의 일꾼들이 벌써 다섯 개의 가로대가 붙어 있는 문 안으로 들어왔다고 보고했다.

동물들은 용감하게 나가서 싸웠지만 이번에는 '우사 전투'에서처럼 그리 간단하게 승리할 수가 없었다.

적은 열다섯 명의 남자들로 반쯤 총을 가지고 있었고 50야드 안으로 들어오자마자 발포하기 시작했다.

동물들은 무시무시한 폭음과 뚫고 들어올 듯한 탄환에 마주 대항할 수가 없었고 나폴레옹과 복서가 열심히 그들을 규합하려고 애를 썼지만 아주 쉽사리 물러서고 말았다. 그들 중 상당수가 벌써 부상을 당했다. 그들은 농장 건물로 피신해서 틈서리나 옹이 구멍으로 조심스레 내다보았다. 풍차를 포함한 커다란 목장 전체가 적의 수중에 들어가 있었다.

나폴레옹조차 한동안 어찌할 바를 모르고 있는 것

같았다. 그는 말 한마디 하지 않고 빳빳한 꼬리를 꿈틀거리면서 서성거리기만 했다. 그리고 고민하는 듯한 눈초리로 폭스우드 쪽을 쳐다보았다.

만일 필킹톤과 그의 일꾼들이 그들을 도와 준다면 아직도 싸움에서 승리할 수 있을 것 같았다. 바로 그 때, 전날 보냈던 비둘기 네 마리가 돌아왔다. 그 중 한 마리가 필킹톤이 보낸 종이쪽지를 물고 왔다. 거기에는 연필로 '꼴 좋다'라고 적혀 있었다.

그 동안 프레드릭과 그의 일꾼들은 풍차 부근에 서 있었다. 동물들은 그들을 지켜 보면서 당황하여 웅성거리기 시작했다.

남자들이 쇠지레와 큰 망치를 끄집어냈다. 그들은 풍차를 두들겨 쓰러뜨리려고 했다.

나폴레옹은 외쳤다.

"불가능한 일이야! 꿈쩍도 못하게 벽을 두껍게 만들었으니까. 1주일이 걸려도 부숴뜨리지 못할 겁니다. 동지 여러분, 용기를 냅시다!"

그러나 벤자민은 남자들의 행동을 열심히 지켜 보고 있었다. 망치와 쇠지레를 든 남자 둘이 풍차 밑 가까이에 구멍을 뚫고 있었다. 벤자민은 천천히, 무척 재미있어 하듯이 그 긴 코를 끄덕거렸다.

"그럴 줄 알았습니다. 무엇을 하려는지 모르겠습니까? 조금 있으면 저 구멍에 폭발물을 넣을 겁니다." 그가 말했다.

동물들은 무서워 부들부들 떨며 기다리고 있었다. 이제 숨어 있는 건물에서 뛰쳐나간다는 것은 불가능했다.

몇 분이 지나고 나서 사람들이 사방으로 뛰어가는 모습이 보였다. 그러자 귀청이 터질 듯한 폭음 소리가 났다. 비둘기들은 하늘 쪽으로 훌쩍 날아가 버렸고 나폴레옹을 제외한 모든 동물들은 납작하게 배를 땅바닥에 깔고 얼굴을 파묻고 있었다. 그들이 다시 일어났을 때는 풍차가 있었던 그 자리에서 커다란 검은 연기가 뭉게뭉게 일고 있었다. 미풍이 서서히 그 연기를 거두어 갔다. 풍차가 결국 없어지고 말았다!

동물들은 이런 광경을 보고 용기를 되찾았다. 조금 전까지 그들이 느끼고 있던 공포와 절망감은 이 비열하고 치사한 행위에 대한 분노심 앞에서 사라졌다. 힘찬 복수의 함성을 외치며 명령이 떨어지기도 전에 그들은 한덩어리가 되어 적을 향해 돌진했다. 이번에는 빗발치듯이 머리 위를 지나가는 무자비한 탄환 따위에도 아랑곳하지 않았다.

그것은 야만스럽고 격렬한 전투였다. 사람들은 계속 총을 쏘아댔다. 그리고 동물들이 그들에게 가까이 다가오자 사람들은 몽둥이로 때리기도 하고 무거운 구둣발로 차기도 했다.

암소 한 마리와 양 세 마리와 거위 두 마리가 죽고 거의 모두가 부상당했다. 후방에서 작전을 지휘하고 있던 나폴레옹조차 총알을 맞고 꼬리 끝이 잘려 나갔다.

그러나 사람들도 부상을 당하지 않을 수 없었다. 세 사람은 복서의 발굽에 얻어맞아 머리가 깨지고 또 한 사람은 암소 뿔에 배를 받혔으며 또 한 사람은 제시와 블루벨 때문에 바지가 거의 다 찢겼다. 그리고 나폴레옹이 생울타리 그늘로 숨어서 돌아가라고 지시한 그의 호위병들인 개 아홉 마리가 갑자기 사람들의 측면에 나타나 무섭게 짖어대자 사람들은 공포에 사로잡혔다.

그들은 포위될 위험성이 많다고 판단했다. 프레드릭은 그의 일꾼들에게 길이 틔어 있을 때 밖으로 나가라고 소리쳤다. 그러자 겁쟁이 적들은 부지런히 도망쳤다.

동물들은 들판 끝까지 쫓아가서 사람들이 가시나무 울타리를 비집고 나갈 때 마지막으로 몇 번씩 걸어찼다.

그들은 승리했다. 그러나 지쳐 있었고 피를 흘리고 있었다. 그들은 다리를 질질 끌며 농장으로 돌아가기 시작했다. 전사한 동지들의 시체가 풀밭에 쓰러져 있는 광경을 보고 몇몇은 눈물을 흘리기도 했다. 그 다음 그들은 전에 풍차가 있던 곳에 와서 얼마 동안 발을 멈추고 침묵에 잠겼다.

그렇다, 풍차는 없어지고 만 것이었다. 그들의 노고의 마지막 흔적조차도 거의 다 사라져 버렸다! 토

대조차도 몇 군데 부서져 있었다.

그리고 다시 그걸 세운다 하더라도 이번에는 전처럼 떨어진 돌들을 이용할 수 없었다. 이번에는 돌까지 없어진 것이었다. 폭발하는 힘 때문에 돌들은 수백 야드 거리까지 날아가 버렸다. 풍차는 처음부터 그 자리에 없었던 것만 같았다.

그들이 농장에 다가오자 전투중에는 모습조차 볼 수 없었던 스퀼러가 꼬리를 흔들면서 만족한 듯이 싱글벙글 웃으며 달려왔다. 동물들은 건물 쪽에서 탕하는 엄숙한 총소리를 들었다.

"저 총소리는 무엇 때문입니까?" 복서가 물었다.

"우리들의 승리를 축하하기 위해서입니다!" 스퀼러가 외쳤다.

"무슨 승리란 말입니까?" 복서가 물었다.

그의 무릎에서는 피가 흐르고 있었다. 그는 편자 하나를 잃었고 발굽은 찢겼으며 총알 열두 개가 뒷다리에 박혀 있었다.

"동지, 무슨 승리라니요? 우리는 우리의 땅──신성한 '동물농장'의 땅에서 적들을 내쫓지 않았습니까?"

"그렇지만 그들은 풍차를 파괴해 버렸습니다. 우리들이 2년 동안 걸려서 일해 온 걸 말입니다!"

"그게 무슨 상관이란 말입니까? 우리들은 또 풍차를 세울 겁니다. 마음만 먹으면 풍차 여섯 개라도 세울 수 있습니다. 동지, 동지는 우리들이 이룩한 훌륭한 업적을 인정하지 않습니까? 적들은 우리가 지금 서 있는 바로 이 땅을 점령하고 있었습니다. 그런데 지금——나폴레옹 동지의 영도력 덕분에 우리들은 이 땅을 한 치도 남김 없이 다시 빼앗았단 말입니다!"

"그렇다면 우리들이 전에 가지고 있던 것을 되찾은 것뿐입니다." 복서가 말했다.

"그게 우리들의 승리란 말입니다." 스퀼러가 말했다.

그들은 다리를 질질 끌고 마당으로 들어섰다. 복서는 살갗 속에 박힌 총알 때문에 다리가 무척 쑤시고 아팠다. 그는 앞으로, 처음부터 다시 시작해야 할 풍차 건축으로 고역을 치러야 한다는 생각으로 그 일을 위해 긴장하고 있었다. 그러나 이때 비로소 그는 자기가 열한 살이라는 것을 새삼 느꼈고 짐작컨대 자신의 거대한 근육도 옛날과는 전혀 다르다는 것을 알았다.

그러나 동물들은 녹색 깃발이 펄럭이는 것을 보고 예포가 또다시 울리는 소리를 들으며——그것은 모두 일곱 발이었다——나폴레옹이 그들의 행위를 치하해 주는 연설을 들었을 때, 결국 자기들이 대승리를 거둔 것 같은 생각이 들었다.

전투에서 죽은 동물들에게는 엄숙한 장례식이 치러졌다. 복서와 클로버는 영구차가 된 짐마차를 끌었고 나폴레옹 자신은 행렬의 선두에 서서 걸었다. 전승 축하로 꼬박 이틀 동안 떠들썩했다. 노래와 연설이 있었고 많은 축포를 쏘아 올렸으며 각 동물에게는 사과 한 개씩이, 새에게는 2온스의 옥수수가, 개에게는 세 개의 비스킷이 특별 선물로 주어졌다.

이번 전투는 '풍차 전투'라고 호칭될 것과, 나폴레옹은 '녹기(綠旗)훈장'을 새로 창설하고 그것을 스스로 자신에게 수여한 것이 공포되었다.

모두 떠들썩한 축하연 분위기로 지폐 사건은 잊어버리게 되었다.

그러고 나서 2,3일 후 돼지들은 농장 집 지하길에서 위스키 한 상자를 우연히 발견했다. 이 집을 처음 점령했을 때는 발견하지 못한 것이었다.

그날 밤 농장 집에서 커다란 노랫소리가 들려왔는데, 모두가 놀란 것은 그 중에 '영국의 가축들'이라는 노래가 섞여 있다는 것이었다.

나폴레옹이 9시 반경에 존스 씨의 낡은 모자를 쓰고 뒷문에서 나와 마당을 급히 빙 달려 보고는 다시 집안으로 사라지는 것이 똑똑히 보였다. 그러나 아침이 되자 농장 집에서는 온통 침묵만이 흐르고 있었다. 돼지 한 마리도 일어나 있지 않은 것 같았다.

아침 9시가 가까워지자 스퀼러는 멍청한 눈에, 꼬리를 축 늘어뜨리고 마치 큰 병에라도 걸린 듯이 느릿느릿 걸어 나왔다. 그는 동물들을 집합시켜 중대한 뉴스를 발표할 것이라고 말했다. 나폴레옹 동지가 죽음에 임박하고 있다는 것이었다.

당장 울음바다가 되었다. 농장 집 문 밖에 짚을 깔아 놓고 동물들은 소리나지 않게 살금살금 걸어다녔다. 그들은 눈물을 글썽거리며 자기들의 지도자가 죽으면 자기들은 어떻게 될 것인지 서로 물어 보기도 했다.

스노우볼이 마침내 나폴레옹의 음식에 독약을 넣었다는 소문이 돌았다. 스퀼러는 11시에 또 하나의 발표를 하기 위해서 나왔다. 나폴레옹 동지는 이 세상에서의 마지막 조처로, 술을 마시는 자는 사형에 처한다는 엄한 포고를 내렸다는 것이었다.

그러나 저녁때가 되자 나폴레옹은 조금 나아진 것 같이 보였고 다음날 아침 스퀼러는 동물들에게 그가 꽤 회복 단계에 있다고 전해 줄 수 있었다.

그날 저녁때가 되자 나폴레옹은 다시 집무를 시작했다. 그 다음날 그는 윔퍼에게 윌링돈에서 양조와 증류에 관한 도서를 몇 권 구입해 오라고 지시했다는 것이 알려졌다.

1주일 후 나폴레옹은 과수원 끝의 작은 울타리 목장을 갈도록 명령했다. 이 땅은 전에 일을 할 수 없게 된 동물들의 방목장으로서 남겨 둔 땅이었다. 이 목장에는 풀이 다 없어졌기 때문에 씨앗을 새로 뿌릴 필요가 있다고 발표되었다. 그러나 곧 나폴레옹은 이 곳에 보리 씨를 뿌릴 계획이라는 사실이 밝혀졌다.

이 무렵 누구도 이해할 수 없는 이상한 사건이 일어났다.

어느 날 밤, 열두 시경에 마당에서 굉장한 소리가 들렸다. 그래서 동물들은 우리 밖으로 뛰어나왔다. 달 밝은 밤이었다.

칠계명이 쓰여 있는 큰 창고 끝의 벽 밑에 두 동강이 난 사다리가 쓰러져 있었다.

스퀼러가 기절해서 그 옆에 쭉 뻗어 있었고 주위에는 램프와 페인트 붓과 뒤엎어진 페인트 통이 흩어져 있었다. 개들이 곧 스퀼러의 주위를 둘러쌌고 그가 걸을 수 있게 되자 그를 호위해서 농장 집까지 데리고 왔다.

동물들은 한결같이 이것이 어찌 된 영문인지 전혀 알지 못했다. 오로지 벤자민 영감만이 알고 있다는 듯이 콧등을 끄덕이고 있었지만 아무 이야기도 입 밖에 내려고 하지 않았다.

그러나 며칠 후 뮤리엘은 혼자서 '칠계명'을 읽어 보고 나서, 또 하나 동물들이 잘못 기억하고 있는 것을 알아차렸다. 동물들은 제5계명은 '어떤 동물도 술을 마셔서는 안 된다'라고 생각하고 있었는데, 그들은 두 개의 단어를 잊어버리고 있었다. 실제로 그 계명은 '어떤 동물도 너무 많이 술을 마셔서는 안 된다'라는 것이었다.

9

　복서의 찢어진 발굽이 아무는 데는 상당한 시간이 걸렸다.

　동물들은 승리의 축하연이 끝난 그 다음날부터 풍차를 다시 건설하기 시작했다. 복서는 하루라도 쉬는 것을 거절했으며 체면상 고통스러운 표정을 결코 보이지 않았다.

　밤이 되자, 그는 클로버에게 발굽이 아파 죽겠다고 살짝 말했다. 클로버는 자기가 씹어서 만든 약초를 발굽에 붙여 주었다. 그리고 그녀와 벤자민은 복서에게 모두 일을 무리하게 하지 말라고 권했다.

　"말의 허파라고 영원히 지탱하는 것은 아닙니다."

　그녀는 그에게 말했다. 그러나 복서는 그 말을 들으려 하지 않았다. 그는 자기에게 남은 단 한 가지 진실한 야심이란 자기가 정년 퇴직하기 전에 풍차가 완성되어 잘 돌아가는 것을 보는 것이라고 말했다.

　"동물농장'의 법률이 처음 제정되었을 때 은퇴 연령은 말과 돼지는 열두 살, 암소는 열네 살, 개는 아홉 살, 양은 일곱 살, 암탉과 거위는 다섯 살로 정해졌었다.

양로 연금 (養老年金)도 많이 책정되어 있었다. 그러나 이제까지 실제로 연금을 타고 은퇴한 이는 아무도 없었다. 하지만 최근에 이 문제가 점차 거론되곤 했다. 과수원 너머에 있는 조그만 밭이 보리밭으로 되어 버렸기 때문에 큰 목장의 한 구석을 울타리로 막아서 정년 퇴직하는 동물들의 방목장으로 만들 것이라는 소문이 나돌았다.

말에게는 연금이 하루에 옥수수 5파운드, 겨울에는 건초 15파운드, 그리고 공휴일에는 당근 한 개 또는 사과 한 개라는 이야기였다. 복서는 이듬해 늦여름 열두 번째 생일을 맞이하게 되어 있었다.

그 동안의 생활은 무척 고생스러웠다. 이번 겨울도 지난해 만큼 추웠고 식량은 더욱 부족했다. 또 모든 배급량이 줄어들었다. 단지 돼지와 개의 배급량은 그렇지 않았다. 식량 배급도 너무 엄격하게 평등해지면 동물주의 원칙에 위반되는 것이라고 스퀼러가 설명했던가. 어쨌든 겉으로 어떻게 보일지라도 실제로는 식량이 부족하지 않다는 것을 어렵지 않게 스퀼러는 다른 동물들에게 증명해 보였다.

얼마 동안은 식량 배급의 재조정이 확실히 필요했다(스퀼러는 언제나 '재조정'이라고 말했으며 '감소'라는 말은 결코 하지 않았다). 그러나 존스 시대와 비교하면 개선된 정도는 굉장하다는 것이었다.

124

그는 목소리를 높여 재빠르게 숫자를 읽어 가며 존스 시대와 비교해서 보다 많은 귀리와 건초와 순무를 먹게 되었으며 일하는 시간은 줄어들었고 음료수의 질이 더욱 좋아졌으며 수명이 길어졌고 자식들이 어려서 죽는 확률도 적어졌으며 우리 속에는 짚더미가 많아졌고 벼룩이 덜 물게 되었다는 것을 동물들에게 상세히 설명해 주었다.

동물들은 그 말을 하나에서 열까지 철저하게 믿었다. 사실대로 말하자면 존스와 그가 표방했던 것이 전부 그들의 기억에서 사라져 버렸던 것이다.

그들은 현재의 생활이 가혹하고 살풍경하며 때로는 굶주림과 추위를 느끼기도 하고 자지 않을 때는 늘 작업하고 있다는 것을 알고 있었다. 그러나 옛날에는 더욱 가혹했다는 것은 의심할 여지가 없었다. 그들은 기꺼이 그렇게 믿고 있었다. 게다가 그때 그들은 노예였지만 지금은 자유의 몸이었다. 바로 이것이 스퀼러가 늘 지적하는 것처럼 큰 차이점이었다.

지금은 먹여 살려야 할 식구가 많이 늘어났다. 가을에는 암퇘지 네 마리가 거의 때를 같이해서 새끼를 낳았기 때문에 모두 서른한 마리의 새끼가 되었다.

그 돼지들은 점박이였고 나폴레옹은 이 농장에서 유일한 수퇘지였기 때문에 그들의 혈통을 추정하는 것은 간단했다.

그러고 나서 벽돌과 재목이 구입되었을 때 농장 집

정원에 교실을 세우리라는 것이 발표되었다.

얼마 동안 나폴레옹 자신이 농장 집 부엌에서 새끼 돼지들을 교육시켰다. 그들은 정원에서 운동을 했다. 그리고 다른 새끼 동물들과 함께 놀지 않도록 주의를 받았다.

이때부터 돼지와 다른 동물이 길에서 마주치면 다른 동물이 길을 비켜 줘야 한다는 규칙이 생겼고, 또 모든 돼지들은 계급을 막론하고 일요일에는 꼬리에 녹색 리본을 매는 특권을 갖는다는 규칙도 제정되었다.

농장 수확은 꽤 성공적인 풍작이었다. 그러나 아직도 자금난에 봉착하고 있었다. 교실을 세우기 위해 벽돌과 모래와 석회를 사들여야 했고 또 풍차 기계를 구입하기 위해 저축을 시작해야만 했다. 그리고 농장 집에서 쓸 기름이나 초, 나폴레옹 자신의 식탁에 놓을 설탕(그는 다른 돼지들에게는 설탕을 먹으면 뚱뚱해진다는 이유로 설탕을 금지했다)이 있어야 했으며 거기에 연장, 못, 끈, 석탄, 철사, 고철, 개먹이 비스킷 등등의 일상적인 것들도 보충할 필요가 있었다.

건초 한 더미와 수확한 감자 일부가 팔렸다. 달걀의 출하 계약은 1주일에 6백 개로 늘어났다. 그 때문에 이 한 해 동안 암탉은 지난 해와 같은 수를 겨우 유지할 정도로만 병아리를 깠다. 12월에 삭감된 식량 배급량은 2월이 되어도 삭감되었고 우리 속의 램

프도 기름을 절약하기 위해 불을 켜지 못하게 했다. 그러나 돼지들은 무척 편안한 생활을 하는 것 같았고 사실 체중들이 늘어나고 있었다.

2월 하순 어느 날 오후, 동물들이 여태까지는 맡아 보지 못했던, 식욕을 돋우어 주는 구수한 냄새가 조그마한 양조장에서 마당을 거쳐 흘러 나왔다. 이 양조장은 존스 시대에는 사용되지 않던 곳으로 부엌 앞쪽에 있었다. 어떤 자는 그것은 보리를 삶는 냄새라고 말했다. 동물들은 허기진 듯이 킁킁거리며 냄새를 맡고는 혹시 저녁 식사로 구수한 여물을 준비하고 있는 것이 아닌가 하고 생각했다. 그러나 저녁 식사 때 구수한 여물 같은 것이라고는 찾아볼 수 없었다. 그리고 그 다음 일요일에는 앞으로 보리는 모두 돼지들에게만 사용될 것이라고 발표되었다.

과수원 앞 들판에는 벌써 보리 씨가 뿌려져 있었다. 그리고 곧 돼지들은 매일 세 홉의 맥주를 배급받고 나폴레옹 자신에게는 반 갈론이 할당되는데, 크라운 더비제(製) 수프 그릇으로 먹는다는 소문이 나돌았다.

그러나 여러 가지 감수해야 할 어려운 일들이 있었는데, 그것들은 요즈음의 생활은 이전보다 훨씬 품위가 있는 생활이라는 사실로서 다소 상쇄(相殺)되었다. 이전보다 노래도 더 많이 불렸고 연설도 많았으며 행진 횟수도 더 많은 편이었다.

나폴레옹은 1주일에 한 번씩 '자진 시위'라는 행사
가 열려야 한다고 명령했다. 이 목적은 '동물농장'의
투쟁과 승리를 축하하는 데 있었다.

지정된 시간이 되면 동물들은 작업을 중단하고 돼
지들을 선두로 해서 말, 소, 양 그리고 가금(家禽)의
순서로 군대식 편제를 형성해서 농장 구내를 행진하
면서 돌았다. 개들은 이 대열의 측면에 나란히 섰고
나폴레옹의 검은 수탉들은 전체 대열의 선두에서 행
진했다.

복서와 클로버는 언제나 그 사이에 서서 발굽과 뿔
의 그림이 그려져 있는 '나폴레옹 동지 만세'라고 쓰
인 녹색 깃발을 들고 있었다.

그 후 나폴레옹을 찬양하는 시 낭독이 있었고 스퀼
러의 최근의 식량 증산에 관한 상세한 보고와 연설이
있었으며 때로는 총으로 예포(禮砲)를 쏘기도 했다.

양들은 자진 시위의 가장 열성적인 지지자들로서,
만일 누군가가(사실 돼지와 개가 주위에 없을 때는
불만을 터뜨리는 자도 더러 있었다) 이런 일은 시간
의 낭비고 추운 곳에 오래 서 있는 것에 불과하다고
불만을 터뜨리면 어김없이 큰소리로 '네 다리는 좋고
두 다리는 나쁘다!'라고 외치면서 입을 다물게 하는
것이었다. 그러나 대체로 동물들은 이 축제를 즐겼
다. 자기들은 어떻든 사실상의 주인이며 자기들이 하
는 일은 오로지 자신들의 이익을 위한 것임을 새삼

생각하며 그들은 항상 즐거워했다. 그래서 노래라든 치 행진이라든지 스퀼러의 통계표라든지 깃발 소리 등등으로 자기들의 배고픔을 잠시나마 잊어버릴 수 가 있었다.

4월에 '동물농장'은 '공화국'으로 선포되었다. 따라서 대통령을 선출하게 되었다. 후보자는 나폴레옹 단 한 명뿐으로 그는 만장 일치로 선출되었다. 바로 그날 스노우볼과 존스의 공모에 관해 더욱더 상세한 새 문서가 발견되었다.

스노우볼은 동물들이 전에 생각했던 것처럼 단지 책략을 써서 '우사 전투'에서 패배하도록 시도했을 뿐만 아니라 공공연하게 존스의 편을 들어 싸웠다는 사실이 이제 드러났다.

그는 인간 군대의 지휘자가 되어 '인간 만세!'를 외치며 전투에 뛰어들었다는 것이었다. 소수의 동물 들이 지금도 뚜렷하게 기억하고 있는 스노우볼의 뒷 잔등의 상처는 나폴레옹이 이빨로 문 것이었다.

7년 동안 자취를 감추었던 까마귀 모세가 한여름 에 갑자기 농장에 나타났다. 그는 조금도 변하지 않 았고 일도 하지 않으면서 옛날과 같은 말투로 '얼음 사탕 산'에 대해 지껄였다. 그는 나무 그루터기에 앉 아 검은 날개를 퍼덕이면서 귀를 기울이는 자가 있으 면 몇 시간이고 이야기를 하는 것이었다. 그리고 커 다란 부리로 하늘을 가리키며 엄숙하게 말했다.

"동지 여러분! 저쪽 저쪽에, 검은 구름 저쪽에는 '얼음 사탕 산'이 있습니다. 우리 불쌍한 동물들이 노동으로부터 해방되어 영원히 안식하게 될 행복의 나라가 있습니다!"

그는 하늘을 높이 날았을 때 실제로 그 나라에 갔는데, 토끼풀이 항상 돋아 있고 생울타리에서 박하 과자와 각설탕이 자라고 있는 것을 보았다는 주장까지 했다.

많은 동물들은 그의 말을 믿었다. 그들의 현재 생활은 굶주림과 과로의 생활이었다. 더 좋은 세상이 어딘가에 있다는 것은 잘못되고 옳지 못한 생각이란 말인가? 아무래도 이해할 수 없는 일은 모세에 대한 돼지들의 태도였다. 돼지들은 '얼음 사탕 산'에 대한 모세의 이야기는 거짓말이라고 선언하며 경멸하면서도 한편으로 그가 농장에서 아무 일도 하지 않는데도 하루에 한 홉의 맥주를 배급받으며 살도록 허용하고 있었다.

복서는 발굽이 나아지자 전보다 더 열심히 일을 했다. 사실 모든 동물들은 그 해에 노예처럼 열심히 일을 했다. 농장의 정규 작업과 풍차 재건 일 외에도 3월부터 시작된 새끼 돼지의 교실을 짓는 작업이 있었다. 넉넉지 못하게 먹으면서 오랜 시간 동안 일을 한다는 것은 때로는 견딜 수 없는 일이었지만 복서는 결코 굽히지 않았다. 그의 말과 행동을 살펴볼 때 그

는 조금도 지쳐 있다고 할 수 없었다. 조금 달라진
것이 있다면 그의 용모뿐이었다. 그의 피부는 전과같
이 윤택하지 못했고 거대한 궁둥이가 약간 줄어든 것
처럼 보였다.

"복서는 봄에 햇풀이 자라면 다시 살찌게 될 겁니
다."

다른 동물들은 말했다. 그러나 봄이 왔는데도 복서
는 뚱뚱해지지 않았다. 때때로 그가 채석장 꼭대기로
올라가는 비탈길에서 커다란 둥근 돌의 무게를 근육
으로 지탱하고 있을 때, 다리는 오로지 인내의 의지
로써 서 있는 것 같았다. 그의 입술은 '더 열심히 일
하자'라고 지껄이는 것 같았다. 그러나 소리는 나오
지 않았다.

클로버와 벤자민은 또다시 복서에게 몸조심하라고
충고를 했지만 그는 말을 듣지 않았다. 그의 열두 번
째 생일이 다가왔다. 그는 연금을 받게 되기 전에 돌
을 충분히 모아 놓기만 한다면 다른 일은 아무래도
좋았다.

여름철 어느 날 저녁 늦게 복서에게 무슨 일이 생
겼다는 소문이 갑자기 농장 전체에 퍼졌다. 그는 혼
자서 돌무더기를 풍차로 끌어가기 위해서 나간 것이
었다. 그런데 정말 그 소문은 사실이었다.

몇 분 후 비둘기 두 마리가 날아와서 소식을 전했
다.

"복서가 쓰러졌습니다! 옆으로 쓰러져 일어나지 못하고 있습니다!"

농장의 동물들 반 정도가 풍차 언덕으로 뛰어나왔다. 복서는 마차의 굴대 사이에 끼어 머리를 들지도 못하고 목을 뻗은 채 누워 있었다. 그의 눈은 흐릿했고 옆구리는 땀으로 흠뻑 젖어 있었다. 입에서는 피가 흘러 나왔다. 클로버는 그의 옆에 무릎을 꿇었다.

"복서, 어떻게 된 일입니까?"

그녀가 외쳤다.

"폐를 다쳤어요. 하지만 괜찮습니다. 내가 없어도 당신들은 풍차를 완성할 수 있으리라 생각합니다. 돌을 꽤 많이 모아 놓았으니까요. 어차피 나에게는 한 달밖에 남지 않았습니다. 정말이지 나는 정년 퇴직하는 날을 마음속으로 기다리고 있었습니다. 그리고 아마 그들은 벤자민도 이제는 늙었으니까 함께 은퇴하도록 해서 내 동료가 되도록 할 겁니다."

복서는 간신히 입을 열었다

"빨리 도와 줘야겠습니다. 누구든지 달려가서 이 사건을 스퀼러에게 전해 주십시오." 클로버가 말했다.

다른 모든 동물들은 당장 이 소식을 스퀼러에게 전하러 농장집으로 달려갔다. 클로버와 벤자민이 남아 있었는데 벤자민은 복서 옆에 앉아서 아무 말도 없이 긴 꼬리로 파리를 쫓고 있었다.

15분쯤 지나자 스퀼러가 동정과 걱정이 가득 찬 표정으로 나타났다. 나폴레옹 동지가 농장에서 가장 충실한 일꾼에게 이러한 불행이 일어난 것을 알고 심히 유감의 뜻을 표시했고 이미 복서를 윌링돈의 병원에 보내 치료받도록 만반의 준비를 하고 있는 중이라고 스퀼러가 전했다. 동물들은 이 이야기를 듣고 조금 불안해지기 시작했다.

몰리와 스노우볼을 제외하고는 이 농장에서 사라진 동물은 하나도 없었다. 게다가 그들은 병든 자기들의 동지를 인간의 손에 맡긴다는 것을 생각하니 기분이 언짢았다.

그러나 스퀼러는 윌링돈의 수의사가 이 농장에서 하는 것보다 훨씬 잘 복서를 치료해 줄 것이라고 간단하게 동물들을 납득시켰다.

그리고 30분 정도 지나자 복서는 조금 회복이 되어 간신히 우리까지 걸어갈 수 있었다. 거기에는 클로버와 벤자민이 훌륭한 짚 침대를 마련해 놓고 있었다.

그 후 이틀 동안 복서는 꼼짝도 하지 못하고 우리 속에 틀어박혀 있었다. 돼지들은 욕실 약상자 안에서 찾아낸 커다란 분홍색 병을 꺼내어 보내 주었다. 클로버는 하루에 두 번씩 식후마다 복서에게 약을 먹였다.

밤이 되면 클로버는 그의 우리로 건너와서 함께 자

며 이야기를 나누었고 벤자민은 파리를 쫓아 주었다.

복서는 이 사건에 대해 슬퍼하지 않는다고 했다. 만일 잘 완쾌만 된다면 앞으로 3년은 더 살 수 있을 것이고 그렇게 되면 저 커다란 목장 한구석에서 평화스러운 나날을 보내게 될 것이라고 생각했다.

처음으로 그에게 공부를 해서 마음의 수양을 쌓을 수 있는 시간적 여유가 생길 것이다. 그는 여생을 알파벳의 남은 스물두 글자를 암기하는 데 보낼 작정이라고 말했다.

그러나 벤자민과 클로버가 복서와 함께 있을 수 있는 시간은 단지 작업이 끝난 후뿐이었다.

그를 데리고 갈 짐마차가 온 것은 한낮이었다. 동물들은 모두 돼지 한 마리의 감독하에 순무 밭의 잡초를 뽑고 있었다. 바로 그때 벤자민이 농장 건물 쪽에서 소리를 있는 대로 지르면서 뛰어 나오는 것을 보고 모두 깜짝 놀랐다.

벤자민이 흥분하는 것을 본 것은 이번이 처음이었다.

"빨리, 빨리, 빨리요! 복서를 데려가려고 한단 말입니다!" 그는 외쳤다.

동물들은 감독하는 돼지의 명령도 듣지 않고 작업을 거둬치우고 농장 건물로 뛰어왔다. 과연 마당 한가운데 말 두 마리가 끄는 커다란 유개 짐마차가 있었고 그 측면에는 무슨 글자가 쓰여 있었으며 마부석에는 낮은 중산모를 쓰고 교활한 표정을 한 남자가 앉아 있었다. 복서의 우리는 벌써 텅 비어 있었다.

동물들은 짐마차 주위를 둘러쌌다.

"복서, 잘 가요! 잘 가요!" 그들은 합창을 했다.

벤자민은 그들 주변을 뛰어다니며 조그마한 발굽으로 땅바닥을 동동 구르면서 외쳤다.

"바보들, 바보들 같으니라구! 이 바보들! 저 짐마차 옆에 무엇이라고 쓰여 있는지 보이지 않는단 말이오?"

그러자 동물들은 소리를 멈추고 조용해졌다. 뮤리엘이 글자를 띄엄띄엄 읽기 시작했다. 그러나 벤자민은 그녀를 밀어제치고 죽음과 같은 침묵 속에서 글자를 줄줄 읽었다.

"'앨프릿 시몬즈, 폐마 도살 및 아교 제조업, 윌링돈. 피혁과 골분 매매. 개집 공급' 저것이 무얼 뜻하는지 모르겠소? 저들은 복서를 폐마 도살장으로 데리고 가려 한단 말이오!"

모든 동물들로부터 공포의 외침 소리가 터져 나왔다. 바로 이때 마부석에 앉아 있던 남자가 말에 채찍질을 했다. 그러자 짐마차는 경쾌한 속력으로 마당에서 빠져 나갔다.

동물들은 모두 힘껏 소리를 지르며 뒤를 쫓았다. 클로버가 맨 앞으로 헤치고 나왔다. 짐마차는 속력을 내기 시작했다. 클로버는 굵은 네 다리로 마구 달리려고 안간힘을 썼지만 뜻대로 되지 않았다.

"복서! 복서! 복서! 복서!" 그녀는 외쳤다.

그런데 마침 이 순간 바깥의 소동이 들린 것처럼 콧잔등에 흰 줄무늬가 그려진 복서의 얼굴이 짐마차 뒷문의 작은 창에 나타났다.

"복서! 복서! 뛰어내려요! 빨리요! 저들이 당신을 데리고 가 죽이려 하고 있어요!" 클로버는 공포에 젖은 목소리로 외쳤다.

"복서, 뛰어내려요! 뛰어내려요!" 동물들은 모두 합창을 했다.

그러나 짐마차는 이미 속력을 내어 그들을 멀리 떼어놓고 사라지기 시작했다.

복서가 클로버의 말을 알아들었는지 못 알아들었는지는 알 수 없었다. 하지만 잠시 후 그의 얼굴은 창문에서 보이지 않았고 대신 짐마차 안에서 쿵쿵거리는 발굽 소리가 들려왔다. 그는 짐마차를 발길로 차서 부수고 나오려 했던 것이었다.

옛날 같으면 복서가 발굽으로 두서너 번 발길질을 하면 그런 짐마차는 성냥개비처럼 산산각이 나고 말았을 것이다. 그러나 슬프게도 그의 힘은 지칠 대로 지쳐 있었다!

잠깐 동안 쿵쿵거리던 발굽 소리는 점점 희미해지다가 마침내 사라져 버렸다. 동물들은 필사적으로 짐마차를 끌고 가는 두 마리의 말들에게 멈춰 달라고 호소하기 시작했다.

"동지들, 동지들! 당신들 형제를 도살장으로 끌고 가지 말아요!"

그들은 외쳤다.

그러나 바보 같은 이 짐승들은 너무나 무지해서 사태를 깨닫지 못하고 귀를 뒤로 젖혔을 뿐 걸음을 재촉하는 것이었다.

복서의 얼굴은 두 번 다시 창문에 나타나지 않았다.

누군가 먼저 달려가서 다섯 개의 가로대가 붙어 있는 문을 닫을 것을 생각했지만 때는 이미 늦어 버렸다. 곧 짐마차는 그곳을 빠져 나가 재빨리 길 쪽으로 자취를 감추어 버렸다. 복서는 다시는 보이지 않았다.

사흘 후에 복서는 윌링돈의 병원에서 온갖 치료를 다 받아 보았지만 효력을 거두지 못하고 죽었다고 발표되었다.

스퀼러가 모든 동물들에게 이 슬픈 소식을 전하러 왔다. 그는 복서의 마지막 몇 시간을 지켜 보았다고 말했다. 그리고 그는 앞다리를 쳐들어 눈물을 닦으며 말했다.

"그건 내 생전에 처음 본 눈물겨운 장면이었습니다! 나는 그가 임종하는 최후의 순간까지 그의 침대 곁을 떠나지 않았습니다. 그리고 복서는 마지막에 말도 못할 정도로 힘이 다 빠진 채 내 귀에 대고 풍차가 완성되는 것을 보지 못하고 눈을 감는 것이 가슴 아프다고 속삭였습니다. 그리고 이렇게 말했습니다. '동지 여러분, 전진합시다! 반란을 잊지 말고 전진합시다. 동물농장 만세! 나폴레옹 동지 만세! 나폴레옹 동지는 항상 옳습니다.' 동지 여러분! 이것이 그의 마지막 말이었습니다."

여기서 스퀼러의 태도가 갑자기 변했다. 그는 잠시 침묵을 지켰다. 그리고 또다시 말하기 전에 조그마한 눈으로 나갈 때 얼토당토 않은 나쁜 소문이 떠돈 것을 자신은 알아차렸다고 말했다. 동물들 중에는 복서를 싣고 가는 짐마차에 '폐마 도살업'이라고 쓰여 있는 것을 보고 경솔하게도 복서가 도살장으로 끌려가는 것이라고 비약해서 단정을 내리는 자도 있었다는 것이었다.

어떤 동물이라고 그런 바보 같은 생각을 한다는 건 도저히 있을 수 없는 일이라고 스퀼러는 말했다.

스퀼러는 분함을 참지 못해 꼬리를 흔들며 이리저리 뛰어다니면서 분명히 친애하는 지도자 나폴레옹 동지가 그 정도로밖에 보이지 않느냐고 소리를 질렀다.

그러나 그의 설명은 정말로 지극히 간단했다. 그 짐마차는 전에는 폐마 도살업자의 것이었고 그것을 수의사가 샀는데, 그 수의사는 그 옛 이름을 아직도 페인트로 지워 버리지 않았다는 것이었다. 그것이 오해를 일으키게 한 원인이라고 했다.

동물들은 이 이야기를 듣고 매우 안심이 되었다. 그리고 스퀼러가 또다시 복서의 임종 모습을 마치 눈 앞에서 보는 것같이 자세히 설명하며, 그가 훌륭한 치료를 받았고 나폴레옹이 돈에 구애 없이 비싼 약을 써 주었다고 말하자, 동물들의 마지막 의심은 사라졌고 동지의 죽음에 대한 슬픔은 적어도 그가 행복하게 죽었다는 생각으로 진정되었다.

나폴레옹 스스로 그 다음 일요일 아침 회합에 나타나서 복서를 찬양하는 짤막한 연설을 했다.

애통스런 동지의 유해를 운반해서 농장에 매장한다는 것은 불가능하지만, 농장 집 정원의 월계수로 커다란 화환을 만들어 복서의 무덤에 갖다 놓으라 했다고 그는 말했다. 그리고 2,3일이 지난 후에 돼지들은 복서를 기리는 추모연을 갖기로 했다는 것이었다.

나폴레옹은 복서가 좋아하던 두 개의 금언 '더 열심히 일하자'와 '나폴레옹 동지는 항상 옳다'를 상기시키면서 각자 이 금언을 자신들의 신조로 삼으면 좋을 것이라는 말로 연설을 끝냈다.

추모연이 예정된 날, 윌링돈에서 식료품 가게의 유개 마차가 농장 집에 커다란 나무 상자를 배달했다.

그날 밤, 떠들썩한 노랫소리에 이어 격렬하게 싸움을 하는 듯한 소리가 들렸고 열한 시경에 유리 그릇이 시끄럽게 깨지는 소리가 끝으로 났다.

그 다음날 점심때까지 농장 집에는 얼씬거리는 자가 아무도 없었다. 그리고 돼지들은 어디선지 돈을 장만해서 자기들이 마실 위스키 한 상자를 샀다는 소문이 들렸다.

10

여러 해가 지나갔다. 계절이 여러 번 바뀌었고 수명이 짧은 동물들은 어느덧 사라졌다. 클로버와 벤자민, 까마귀 모세와 상당수의 돼지들을 제외하고는 '반란' 이전의 옛일을 기억하고 있는 이가 아무도 없는 때가 왔다.

뮤리엘은 죽었다. 블루벨과 제시와 핀처도 죽었다. 존스도 역시 죽었다——그는 이 지방 다른 마을의 주정뱅이 수용소에서 죽었다. 스노우볼은 기억에서 사라졌다. 복서에 대한 기억도 그를 직접 알고 있던 소수에게만 남아 있었다.

클로버는 이젠 나이 먹고 뚱뚱한 암말이 되었으며 관절은 굳어졌고 눈곱이 자주 끼었다. 그녀는 정년을 두 해나 넘겼다. 그러나 실제로 은퇴한 동물은 한 마리도 없었다. 정년 은퇴한 동물들을 위해 목장 한구석을 할당한다는 이야기도 퍽 오래 전에 흐지부지되고 말았다.

나폴레옹은 이제 체중이 24스톤이나 되는 원숙한 수퇘지가 되었다. 스퀼러는 너무 비대해졌기 때문에 눈이 가늘어져 잘 볼 수 없을 정도였다.

벤자민 영감만은 전에 비해서 별로 달라진 것이 없었다. 단지 콧등 쪽이 좀 허옇게 되었고 복서가 죽은 후 더욱더 침울해지고 과묵해졌을 뿐이었다.

농장에는 이제 꽹장히 많은 식구가 늘어나 있었다. 하지만 이렇게 늘어난 것도 초기에 예상했던 것만큼은 아니었다.

그 후 이 농장에서 태어난 동물들 중에는 그 '반란'은 입에서 입으로 확실성 없이 전해진 이야기에 지나지 않는다고 생각하는 자들도 많이 있었고, 다른 데서 팔려 온 동물들은 이 농장에 오기 전에 그런 이야기를 들어 본 적도 없었다는 것이었다.

이곳에는 현재 클로버 이외에도 세 마리의 말이 있었다. 그들은 늘씬하고 건강이 넘치며 부지런하고 선량한 동지였지만 머리는 무척 둔한 편이었다. 그들 중 어느 누구도 알파벳 B자 이상을 외지 못한다는 사실이 입증되었다. 그들은 '동물주의'의 본질에 대해 들을 때는 무엇이나 그대로 받아들였다. 특히 그들은 어머니처럼 존경하다시피 섬기는 클로버가 말하는 것은 잘 받아들였다. 하지만 그 이야기를 얼마만큼이나 이해할 수 있었는지는 자못 의심스러웠다.

농장은 전보다도 번창하고 있었다. 그리고 잘 조직되어 있었다. 필킹톤 씨로부터 밭을 두 뙈기나 사들였기 때문에 농장 규모도 확장되어 있었다. 풍차도 드디어 성공적으로 완성되었다. 그리고 전용 탈곡기와 건초 운반기도 생겼으며 여러 채의 건물들이 새로 세워졌다.

윔퍼는 자가용 이륜 마차를 샀다. 그러나 풍차는 결국 전력 발전에는 사용되지 않았다. 그것은 곡식을 빻는 데 사용되었고 많은 돈을 벌어들였다.

동물들은 또 하나의 풍차를 세우느라 열심히 일하고 있었다. 이것이 완성되면 발전기를 설치한다는 이야기가 있었다.

예전에 스노우볼이 동물들에게 꿈처럼 말했던 전등과 냉온수가 설치된 우리와 1주 3일 노동 등의 사치스러운 이야기들은 이제는 화제거리가 되지 못했다. 나폴레옹은 이러한 생각은 동물주의에 위배된다고 비난했다.

가장 참된 행복이란 일 잘하고 검소하게 생활하는 데 있다고 그는 말했다. 동물들 자신은 부유해지지 않았지만 어쩐지 농장은 더욱더 부유해진 것 같았다. 물론 돼지와 개들은 예외였다. 이것은 아마 돼지와 개의 수가 너무 많은 탓도 있었을 것이다.

이들 돼지들과 개들은 자기들 나름대로 어쨌든 일을 안 하는 것은 아니었다. 스퀼러가 끈질기게 설명한 것과같이 농장을 감독하고 조직하는 데는 굉장히 많은 일이 따랐다.

이러한 일의 대부분은 다른 동물들은 무지해서 이

해할 수 없는 것들이었다. 가령 스퀼러는 돼지들은
'문서' '보고서' '의사록' '각서' 등, 수수께끼 같은
일에 매일 대단한 노력을 기울여야만 한다고 그들에
게 말했다. 이러한 것들은 커다란 종이조각으로, 다
쓰면 난로 불에 처넣어졌다.

이것은 농장 복지를 위해 매우 중요한 것이라고 스
퀼러는 설명했다. 그러나 돼지들이나 개들은 여전히
자신들의 노동으로써는 조금도 식량을 생산해 내지
못했다. 그들은 숫자가 굉장히 많았고 식욕도 항상
왕성했다.

다른 동물들에 대해서 말할 것 같으면 그들의 생활
은 자신들이 알고 있는 한 구태 의연했다. 그들은 대
개 공복을 느끼고 있었고 짚더미 위에서 잠을 잤으며
우물에서 물을 마셨고 밭에서 일을 했으며 겨울이 되
면 추위에 시달렸고 여름에는 파리들 등살에 고생을
했다.

나이 먹은 동물들은 때때로 희미해진 기억력을 열
심히 더듬어서 존스가 쫓겨난 지 얼마 안 된 '반란'
초기의 사정이 현재보다 과연 좋았던가 아니면 나빴
던가를 판단하려고 시도해 보곤 했다. 그러나 생각해
낼 수가 없었다. 현재의 생활과 비교해 볼 만한 것이
아무것도 없었기 때문이었다. 스퀼러의 통계표 이외
에는 근거가 될 만한 것이 아무것도 없었다. 그 통계
표는 모든 것이 순조롭게 잘되어 가고 있다는 것이었

다.

동물들에게 이 문제는 해결할 수 없는 것이었다. 어쨌든 그들에게는 지금 이와 같은 일을 사색할 만한 시간이 거의 없었다.

단지 벤자민 영감만은 그의 긴 생애에서의 사건들을 자세히 기억하고 있다고 했으며 사정은 그다지 좋아지지 않았고 좋아질 수도 없으며 그렇다고 해서 그렇게 나빠지지도 않았고 나빠질 수도 없다는 것을 깨닫고 있다고 말했다──굶주림과 노고와 실망이라는 것은 세상살이 불변의 법칙이라는 것이었다.

그러나 동물들은 결코 희망을 버리지 않았다. 그들은 잠시라도 '동물농장'의 구성원이라는 명예와 특권의식을 잊어 본 적이 없었다.

이 농장은 동물들만이 소유하고 경영하는, 이 지방에서 아니 영국을 통틀어서 하나밖에 없는 농장이었다. 그들 중 어느 누구도, 가장 어린 새끼도, 1,2십리 떨어진 농장에서 데려온 초년병들도 이제 이 사실에 대해서 경탄하지 않을 수 없었다. 그리고 그들이 예포가 울려퍼지는 소리를 듣고 녹색 깃발이 게양대 꼭대기에서 펄럭거리는 것을 볼 때 그들의 가슴은 한없는 자부심으로 부풀어올랐고 화제는 항상 옛날의 영웅적인 시절로 돌아가 존스를 쫓아냈던 일, 칠계명의 게시, 침략자 인간을 패배시킨 싸움 이야기를 하곤 했다. 옛날부터 품어 왔던 꿈은 하나도 버리지 않고 있었다.

메이저가 예언한, 영국의 푸른 들판이 인간들의 발에 짓밟히지 않을 '동물 공화국'은 아직도 믿어지고 있었다. 언젠가는 그것이 올 것이다. 그렇게 빠르게는 오지 않을지도 모른다. 현재 살고 있는 동물들의 생애에는 오지 않을지도 모른다. 그러나 언젠가는 반드시 올 것이다. '영국의 가축들'이라는 노래마저도 여기저기서 조용히 불러졌다.

어쨌든 농장의 동물들은 누구나 다 이 노래를 알고 있는 것은 사실이었다. 그러나 큰소리로 용감하게 부르는 자는 아무도 없었다. 그들의 생활은 힘들었고 그들의 희망이 전부 달성되었다고는 할 수 없었지만, 그들은 다른 동물과는 다르다는 것을 의식하고 있었다.

굶는 일이 있어도 그것은 포악한 인간들을 위한 것은 아니었다. 열심히 일했다 하더라도 그것은 적어도 자기들을 위해 일한 것이었다.

그들 중 어느 누구도 두 발로 걷지 않았다. 어느 동물도 다른 동물을 '주인'이라고 부르지 않았다. 모든 동물은 평등했다.

초여름 어느 날, 스퀄러는 양들에게 따라오라고 명령하여 농장 한구석 황무지에 자작나무가 심어져 있는 곳으로 데리고 갔다.

양들은 스퀄러의 감독 아래 풀을 먹으며 하루를 보

냈다.

저녁때 스퀼러는 농장 집으로 돌아왔지만 양들에게는 날씨가 따뜻하니 그곳에서 자라고 말했다. 결국 양들은 꼬박 1주일 동안 그곳에 머물게 되었고 그 동안 다른 동물들은 양들을 볼 수가 없었다.

스퀼러는 매일 많은 시간을 양들과 같이 지냈다. 그는 그들에게 비밀로 해 둘 필요가 있는 새로운 노래를 가르쳤다고 말했다.

양들이 돌아온 직후 어느 상쾌한 저녁에 동물들이 그날 일을 마치고 농장 건물로 돌아오고 있을 때, 마당에서 간담을 서늘하게 하는 어떤 말의 신음 소리가 들려 왔다.

동물들은 깜짝 놀라 그 자리에 우뚝 섰다. 그것은 클로버의 소리였다. 그녀는 또 울기 시작했다. 그래서 동물들은 모두 마당으로 뛰어왔다. 그들은 클로버가 목격한 것을 보았다.

돼지 한 마리가 뒷다리로 걷고 있었다. 그렇다, 그것은 스퀼러였다. 그런 자세로 그 커다란 몸뚱이를 지탱하는 데는 아직도 단련되지 않은 것처럼 약간 뒤뚱거렸지만, 그래도 완전히 균형을 잡고 마당을 천천히 걷고 있는 긴 돼지 행렬이 나타났다. 그 중에는 잘 걷는 자도 있었지만 한둘이 조금 뒤뚱거리며 지팡이에 기대고 싶어하는 모습도 눈에 띄었다. 하지만 대개는 잘들 마당을 거닐고 있었다.

그리고 마침내 무시무시한 개의 울부짖음 소리와 검고 젊은 수탉의 높은 소리가 들렸고 나폴레옹 자신이 당당하게 일어서서 좌우로 오만한 시선을 던지며 나타났다. 그리고 개들은 그의 주위를 뛰어다니고 있었다.

그는 앞발로 채찍을 들고 있었다. 죽음 같은 침묵이 찾아왔다. 아연 실색하여 간담이 서늘해진 동물들은 한자리에 모여 돼지들의 긴 행렬이 슬슬 마당을 돌며 행진하는 것을 보고 있었다. 마치 세상이 뒤집힌 것만 같았다.

그러고 나서 겨우 최초의 충격이 사라져 버리자 그들은 개들에 대한 공포심에도 불구하고 오랜 습관으로 무슨 일이 생겨도 불평하지 않고 비판도 하지 않고 지내 왔지만, 그들은 서서히 항의하려고 입을 열려는 참이었다.

그러나 바로 그때 마치 무슨 신호라도 받은 것처럼 양들이 일제히 소리를 맞춰 처참한 울음소리를 냈다.

"네 다리는 좋고 두 다리는 '더욱' 좋다! 네 다리는 좋고 두 다리는 '더욱' 좋다! 네 다리는 좋고 두 다리는 '더욱' 좋다!"

5분 동안이나 계속해서 이 소리를 반복했다. 양들이 조용해졌을 때는 돼지들이 이미 농장 집으로 돌아간 뒤여서 항의할 기회가 없었다.

벤자민은 누군가가 어깨에 코를 문지르고 있는 것

을 느꼈다. 그는 돌아다보았다. 바로 클로버였다. 늙은 그녀의 눈은 더욱 몽롱해져 있었다. 그녀는 아무 말도 하지 않고 벤자민의 머리카락을 끌고 칠계명이 쓰여 있는 큰 창고 끝으로 데리고 갔다.

1,2분 동안 그들은 하얀 글씨가 쓰여 있고 타르 칠을 한 벽을 가만히 바라보고 있었다.

"내 시력이 나빠졌습니다. 하긴 젊었을 때도 저기에 쓰여 있는 글자는 읽을 수 없었지만요. 저 벽이 아주 달라진 것처럼 보입니다. 벤자민, 저 칠계명은 옛날 것과 달라져 있지 않습니까?"

그녀가 마침내 입을 열었다.

벤자민은 이번만은 여느 때의 관례를 깨뜨리기로 작정하고 벽에 쓰여 있는 것을 그녀에게 읽어 주었다. 거기에는 단 하나의 계명밖에 없었다. 그것은 다음과 같이 쓰여 있었다.

　　모든 동물은 평등하다.
　　그러나 어떤 동물은 다른 동물보다 더욱 평등하다.

그런 일이 있은 다음날 농장 작업을 감독하고 있는 돼지들은 전부 앞발에 회초리를 가지고 있었는데도 그다지 이상하게 보이지 않았다.

돼지들이 라디오를 구입하고 전화 가설을 신청하

고 잡지 《존불》과 《팃 비츠》 신문 《데일리 미러》 구독을 예약했다는 것이 알려졌는데도 이상하게 느껴지지 않았다.

나폴레옹이 파이프를 물고 농장 집 정원을 산책하는 것을 봐도—— 아니, 돼지들이 존스 씨의 옷장에서 옷을 꺼내 입어도, 나폴레옹 자신이 검은 상의에 승마용 바지를 입고 가죽 각반 차림으로 나타나도, 또 그가 총애하는 암돼지가 존스 부인이 일요일에나 입었던 물결 무늬 비단옷을 입고 나타나도 조금도 이상하게 생각되지 않았다.

1주일이 지난 어느 날 오후, 몇 대의 이륜 마차가 농장에 도착했다. 이웃 농장주 대표단이 친선 여행의 초대를 받은 것이었다. 그들 일행은 농장 일대를 안내받고 두루 돌아보면서 보는 것마다 칭찬을 많이 했다. 특히 풍차에 대해서는 극구 칭찬을 늘어놓았다. 동물들은 순무 밭에서 잡초를 뽑고 있었다. 그들은 땅에서 전혀 얼굴을 들지 않고 돼지와 인간 방문객 중 어느 쪽이 더 무서운지도 알지 못하고 부지런히 일만 하고 있었다.

그날 밤 커다란 웃음소리와 노랫소리가 농장 집 안에서 흘러 나왔다.

그리고 동물들은 갑자기 인간과 동물들의 뒤범벅된 목소리들을 듣고 호기심이 생겼다. 처음으로 동물들과 인간들이 평등한 입장에서 만나고 있는 저 농장 집 안에서 도대체 지금 무슨 일이 벌어지고 있는 것일까? 그들은 일제히 농장 집 정원으로 소리내지 않고 조용히 살금살금 들어가 보았다.

문 가에 이르러 그들은 주춤하며 안으로 들어가는 것을 약간 두려워했지만 클로버가 선두에 서서 안으로 들어갔다.

그들은 살금살금 집까지 다가갔고 키가 큰 동물들은 식당 창문으로 들여다보았다. 긴 식탁을 둘러싸고 농장주 여섯 사람과 여섯 마리의 고위층 돼지들이 자리에 앉아 있었으며 나폴레옹은 상좌에 앉아 있었다. 의자에 걸터앉아 있는 돼지들은 아주 기분이 좋은 듯이 보였다. 그들은 분명히 카드 놀이를 하고 있었지만 축배를 들기 위해서 잠시 그것을 중단하고 있었다.

큰 주전자가 돌았고 잔에는 맥주가 가득 채워지고 있었다. 창문으로 엿보며 이상하게 생각하고 있는 동물들을 눈치채는 자는 아무도 없었다.

폭스우드 농장의 필킹톤 씨가 손에 잔을 들고 일어났다.

잠시 후 이 자리를 떠날 분들에게 축배를 들자고 권하기 전에 몇 마디 해야 할 이야기가 있다고 그는 말했다.

그는 장시간에 걸친 불신과 오해가 지금 풀어졌다는 것에 대해 자기는 무척 만족하며 여기 있는 다른 이들도 그러리라는 것을 확신한다고 말했다. 그 자신이나 여기에 온 어느 누구도 그와 같은 감정을 가지고 있지는 않지만, 서로 인접하고 있는 인간들이 이 '동물농장'의 존경하는 주인들을 적이라고는 할 수 없지만 조금 걱정스럽게 지켜 보고 있던 그런 때도 있었다고 했다. 불행한 사건도 있었고 오해도 있었다는 것이었다.

돼지들이 소유하고 경영하는 농장이라는 것이 뭔가 변태적이며 이웃에 불안감을 주기 쉽다고 느낀 적도 있었다는 것이었다.

많은 농장주들이 자세히 알아보지도 않고 이러한 농장에서는 방종과 무질서한 분위기가 조성된다고 속단했다는 것이었다. 그들은 자기들의 동물들, 심지어는 고용하고 있는 인간들에게까지 나쁜 영향을 끼칠 것을 걱정하고 있었다는 것이었다. 그러나 이와 같은 의심이 지금은 완전히 없어졌다고 했다.

오늘 그와 그의 친구들이 '동물농장'을 방문하고 직접 자기들 눈으로 구석구석 시찰했는데 자기들이 발견한 것은 무엇이었는가?

최신식 영농 방법뿐만이 아니라 모든 농장주의 귀감이 될 만한 규율과 정연한 질서를 발견했다는 것이었다. '동물농장'의 하층 동물들은 이 지방의 어떤 다른 동물들보다도 많은 일을 하고 적은 양의 식량을 받는다 해도 그것은 정당한 것임을 믿는다고 말했다.

실제로 오늘, 그와 그의 동료 일행들은 곧 자기들의 농장에 채택하고 싶은 여러 특징들을 확인했다는 것이었다. 그는 '동물농장'과 그 이웃 농장 사이에 존재하고 있고 또 존재해야 할 우정을 재차 강조하는 것으로 인사말을 끝낸다고 말했다.

돼지들과 인간들 사이에는 어떤 이해의 충돌이 조금도 없으며 또 그럴 필요도 없다는 것이었다.

그들의 투쟁과 당면한 어려움은 같다는 것이었다. 노동 문제는 어디서나 같은 것이 아닌가?

필킹톤 씨는 여기까지 말하고 나서 전부터 생각하고 있던 재담(才談)을 일동에게 털어놓으려고 했지만, 잠깐 동안 터져 나올 듯한 웃음 때문에 그 재담이 입에서 나오지 않았다.

그는 여러 겹이 된 턱을 뻘겋게 물들이며 한참 동안 숨을 내쉬고는 겨우 말을 꺼냈다.

"만일 여러분들 쪽에 여러분이 다투어야 할 하층 동물이 있다면 우리들 쪽에도 다투어야 할 하층 계급이 있다는 겁니다." 그가 말했다.

이 재치 있는 말은 좌중을 일시에 웃겼다. 그리고 필킹톤 씨는 자기가 농장에서 관찰한 식량 배급과 긴 작업 시간, 전반적으로 지나친 방종이 없는 것에 대해서 동물들에게 다시 한 번 치하했다.

그러고 나서 그는 마지막으로 일어나서 잔에 맥주를 채워 건배하자고 말했다.

"여러분, 여러분을 위해 건배합니다. 그리고 '동물 농장'의 번영을 기원합니다!" 필킹톤 씨는 인사말을 맺었다.

열광적인 갈채와 발 구르는 소리가 났다. 나폴레옹은 대단히 만족하여 자리에서 일어나 식탁을 돌아와서 필킹톤 씨의 잔에 그의 잔을 대고는 맥주를 쭉 마셨다. 갈채의 소리가 조용해졌을 때 그때까지 계속 서 있던 나폴레옹이 자기도 또 한 마디 인사말을 하고 싶다고 말했다.

나폴레옹의 연설은 언제나 그랬던 것처럼 짧으면서도 요령이 있었다. 그도 오해의 시기가 끝난 것을 기쁘게 생각한다고 말했다.

오랫동안 자기와 자기 동료들의 사고 방식에는 파괴적인, 아니 혁명적인 것이 있다는 소문이 떠돌았다는 것이었다——이것은 어떤 악의를 품고 있는 적이 퍼뜨린 것이 틀림없다고 말했다.

그들은 이웃 농장의 동물들 사이에 '반란'을 선동하려고 기도했다는 것이었다. 이것만큼 진실과 동떨어진 것은 아무것도 없다고 말했다. 정상적인 거래를 유지하며 살아가는 거라는 것이었다.

나폴레옹은 이렇게 말하고 또다시 부언해서 자기가 영광스럽게 통솔하고 있는 이 농장은 일종의 협동 기업이라고 말했다. 자기 자신의 소유로 되어 있는 부동산 권리 증서는 돼지들의 공동 소유라는 것이었다.

그는 예전의 걱정이 아직도 남아 있다고는 믿지 않지만 최근 농장의 일에는 어떤 변화가 일어났는데, 이것은 신뢰감을 더욱더 굳건하게 하는 데 효과가 있을 것이라고 했다. 지금까지 이 농장의 동물들은 서로 '동지'라고 부르는 바보 같은 습관을 지켜 왔는데, 이것이 금지되었다는 것이었다. 그리고 근원은 알 수 없지만 괴상한 습관이 있어서 일요일 아침마다 마당의 기둥 못에 걸려 있는 수퇘지의 두개골 앞을 행진하고 있다는 것이었다. 이것도 또한 금지될 것이며 두개골은 벌써 땅에 묻어 버렸다는 것이었다. 손님들은 게양대에서 펄럭이고 있는 녹색 깃발을 보았을 것이다. 그것을 보았다면 전에 그 깃발에 그려져 있던 흰 발굽과 뿔의 무늬가 이미 없어져 버린 것을 알아차렸을 것이라고 말했다. 이제부터는 아무것도 그려져 있지 않은 녹색 깃발이 되리라는 것이었다.

그는 필킹톤 씨의 우정 어린 훌륭한 연설에 대해 비평할 것이 한 가지 있다고 말했다.

필킹톤 씨는 시종 '동물농장'이라고 말했다는 것이었다. 그가 '동물농장'이라는 이름이 폐지되었다는 사실을 모르고 있는 것은 당연했다. 왜냐하면 나폴레옹 자신이 지금에야 이 말을 처음 말하기 때문이었다. 앞으로는 '장원농장'으로 알려질 것이고 이것이 본래의 올바른 이름이라고 말했다.

"여러분! 여러분들을 위해 나는 전과같이 축배를 들겠습니다. 하지만 이번에는 다른 식으로 건배하겠습니다. 잔을 가득 채워 주십시오. 여러분 건배합시다. '장원농장'의 번영을 위해서!" 나폴레옹은 인사말을 끝냈다.

전과 같은 박수 갈채가 터져 나왔다. 그리고 잔을 깨끗이 비웠다. 그러나 다른 동물들이 이 광경을 지켜 보고 있을 때, 그들에게는 무엇인가 이상한 일이 일어나고 있는 것같이 보였다.

돼지들의 얼굴에서 달라진 것이 무엇이었던가? 늙은 클로버의 희미한 눈은 돼지들의 얼굴을 차례로 훑어보고 있었다.

어떤 자는 턱이 다섯 개, 어떤 자는 턱이 네 개, 또 어떤 자는 턱이 세 개 생겼다. 그러나 형태가 바뀐 것처럼 보이는 것은 무엇 때문일까?

박수 갈채가 끝나자 일동은 카드를 꺼내어 중단했던 놀이를 계속했다. 동물들은 잠자코 슬그머니 돌아섰다.

그러나 그들은 20야드도 가기 전에 우뚝 섰다. 시끄러운 소리가 농장 집 안에서 들려 왔다. 동물들은 다시 뛰어가서 창문으로 들여다보았다. 과연 격렬한 논쟁이 벌어지고 있었다.

고함을 지르고 책상을 치며 날카로운 의심의 눈초리를 번뜩이고 격렬하게 부정하는 소리로 시끄러웠다. 이 싸움의 원인은 나폴레옹과 필킹톤 씨가 동시에 스페이스 에이스 패를 낸 데 있었다.

열둘의 음성이 화를 내며 버럭버럭 소리를 지르고들 있었다. 그리고 그 소리들은 다 똑같은 것 같았다.

이제 돼지들의 얼굴에 무슨 변화가 있었는지는 의심할 여지가 없었다. 밖에서 엿보고 있던 동물들은 어안이 벙벙해져 인간과 돼지의 얼굴을 몇 번이고 번갈아 쳐다보았다. 그러나 어느 쪽이 인간이고 어느쪽이 돼지인지 분간할 수 없었다. *

□ 연 보

1903년 6월 25일 인도 벵골(Bengal)의 모티하리
(Motihari)에서 세관 하급 관리의 아들로 태
어남. 본명은 Eric Arthur Blsir이다.

1921년 1921년까지 영국의 이튼 학교에서 공부함.

1922년 1927년까지 버마 주재 인도 경찰국에서 근
무함.

1933년 프랑스와 비교해서 영국의 부랑자 대책을
비난한 소설, 〈빠리와 런던의 최저 생활
(*Down and Out in Psris and London*)〉 출판.

1934년 백인 사회와 원주민의 틈바구니에 끼여 고
민하는 젊은 식민지 관리를 그린 〈버마시절
(*Burmese Days*) 출판.

1935년 비열하고 점잔빼는 세상을 비판하려고 시도
한 〈목사의 딸(*A Clerlyman's Daughter*)〉 출
판.

1936년 작가를 지망하는 가난한 서점원의 사랑과
연애를 그린 〈엽란(葉蘭)을 지켜라(*Keep the*

Aspidistra flying)〉 출판.

1937년 불황에 허덕이는 비참한 탄광촌을 묘사하여 영국 사회주의의 실체를 분석한 〈위건 선창으로 가는 길(*The Rood to Wigan Pier*)〉 출판.

1938년 스페인 내란에 참여해서 작가 자신이 피부로 체험한 〈카탈로니아 찬가(*Homage to Catalonia*)〉 출판. 이것은 국제 의용군의 내정(內情)을 들추고 공산당의 배신 행위를 규탄한 것임.

1939년 〈공기를 찾아서(*Coming Up for Air*)〉 출판. 이것은 행복했던 소년시절을 재현해 보려고 시도하다 실패한 보험회사의 중년 선전원의 허구적인 전기(傳記) 소설임.

1940년 평론집, 〈고래 속에서(*Inside the Whale*)〉 출판.

1941년 〈사자와 외뿔소(*The Lion and the Unicorn*)〉 출판.

1945년 〈동물 농장(*Animal Farm*)〉 출판. 이것은 소비에트적 공산사회의 허위성과 기만을 풍자한 우화소설임.

1949년 〈1984(*Nineteen Eighty-four*)〉출판. 현대의 전체주의(全體主義) 사회의 공포를 화대한 형식으로 그린 소설임.

1950년 1월 23일, 47세를 일기로 세상을 떠남. 사망
       후 수필집 〈코끼리를 쏘다(*Shooting an
       Elephant*)〉 출판.
1953년 〈영국. 너의 영국(*England your England*)〉 출
       판.

◎ 옮긴이 김회진

충북 진천 출생.
고려대학교 영문과 및 동 대학원 졸업.
미국 남동부 오클라호마 주립대학 · 대학원에서 수학.
서울시립대학교 명예교수.
역서로 《노인과 바다》 《테스》 《원유회》 등 다수가 있음.

동물농장

초판 1쇄 발행 / 1997년 7월 30일
초판 3쇄 발행 / 2008년 6월 15일
 2판 1쇄 발행 / 2013년 2월 25일
 3판 1쇄 발행 / 2018년 1월 10일

지은이 / 조지 오웰
옮긴이 / 김 회 진
펴낸이 / 윤 형 두
펴낸데 / 범 우 사

등록번호 / 제406-2003-000048호
등록일자 / 1966년 8월 3일
주소 / 10881 경기도 파주시 광인사길 9-13 (문발동 525-2)
전화 / 대표 031-955-6900~4, 팩스 / 031-955-6905

* 잘못된 책은 바꾸어 드립니다.
ISBN 978-89-08-06160-6 04810 (인터넷)www.bumwoosa.co.kr
      978-89-08-06000-6 (세트) (이메일) bumwoosa@chol.com

"주머니 속에 친구를"

범우문고

▶ 계속 펴냅니다

범우 사르비아문고

선배들도 범우사르비아문고로
교양을 쌓고 지식을 살찌워왔습니다.
범우사르비아문고는 하루아침에 기획되고
제작된 것이 아닙니다.
15년의 세월 동안 갈고 보완하면서
청소년의 필독서로 확고히 자리잡은
'청소년도서의 대명사' 입니다.

범우비평판
세계문학선

범우 비평판 세계문학선이
체계화·고급화를 지향하며
새롭게 다시 태어나고
있습니다.
작가별로 고유번호를
부여하고 완벽하게 보완에
권위와 전문성을 높이고,
미려한 장정으로
정상의 자존심을
지켜나갈 것입니다.

**범우 비평판
세계문학선**

범우 비평판 세계문학선이
체계화 · 고급화를 지향하며
새롭게 다시 태어나고
있습니다.
작가별로 고유번호를
부여하고 완벽하게 보완에
권위와 전문성을 높이고,
미려한 장정으로
정상의 자존심을
지켜나갈 것입니다.

2000년대를 향하여 꾸준하게 양서를!

현대사회를 보다 새로운 시각으로 종합진단하여
그 처방을 제시해주는

범우사상신서

범우사

21세기의 경영전략과 생활의 지혜를 제시하는

범우생활신서

2000년대를 항하여 꾸준하게 양서를!

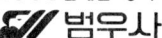 범우사

시대를 초월해
인간성 구현의 모범으로
삼을 만한 책을 엄선

汎友古典選

▶ 계속 펴냅니다

 범우사

플루타르크 영웅전

Plutarch's Lives
지금 우리는 살아 숨쉬는 영웅을 꿈꾼다.
영웅들의 삶 속에 묻혀버린
지혜와 용기의 보고서

그리스와 로마 영웅들의 대비열전(對比列傳)

그 시대의 영웅은 살아 숨쉰다.
정의와 불의, 선과 악, 진리와 허위,
박애와 증오, 그리고 이성간의 사랑…….
시간과 공간을 초월한 파란만장한
인간의 모습으로 우리를 눈뜨게 한다.
영웅 부재(不在)의 시대를 살아가는
현대인의 삶에, 영웅들의 지혜로움이
자신의 모습으로 투영된다.

플루타르코스/김병철 옮김/각권 6,000원/전8권

범우사

연극으로 느낄 수 없는
시너리오의 진환 카타르시스.
오랜 감동…!

계속 펴냅니다.

10대 소년
소녀를 위한

범우
피닉스문고

 범우사